Contemporánea

Jorge Volpi (Mexico, 1968) es autor de quince novelas, entre las que destacan *A pesar del oscuro silencio* (1993), la Trilogía del siglo xx conformada por *En busca de Klingsor* (Premio Biblioteca Breve, 1999), *El fin de la locura* (2003) y *Tiempo de cenizas* (2006); *La tejedora de sombras* (Premio Planeta-América, 2011), *Oscuro bosque oscuro* (2010), *Memorial del engaño* (2013), *Las elegidas* (2014) y *Una novela criminal* (Premio Alfaguara, 2018).

Ha escrito también los ensayos *La imaginación y el poder* (1998), *La guerra y las palabras* (2004), *Mentiras contagiosas* (Premio Mazatlán, 2008), *El insomnio de Bolívar* (Premio Debate-Casa de América, 2009), *Leer la mente* (2011) y *Examen de mi padre* (2016) y la obra de teatro *Las agujas dementes* (2020).

En 2008 recibió el Premio José Donoso al conjunto de su obra y la Medalla de la Orden de Isabel la Católica de España. Es Caballero de la Orden de Artes y Letras de Francia. Sus libros han sido traducidos a treinta idiomas.

Jorge Volpi

Christiana

DEBOLS!LLO

Penguin
Random House
Grupo Editorial

Christiana

Primera edición en Debolsillo: marzo, 2024

D. R. © 2012, Jorge Volpi

D. R. © 2024, derechos de edición mundiales en lengua castellana:
Penguin Random House Grupo Editorial, S. A. de C. V.
Blvd. Miguel de Cervantes Saavedra núm. 301, 1er piso,
colonia Granada, alcaldía Miguel Hidalgo, C. P. 11520,
Ciudad de México

penguinlibros.com

Diseño de portada: Penguin Random House / La Fé Ciega
Imagen de portada: Composición a partir de imágenes de ©iStock
Ilustraciones: Harvard University Archives / Houghton Library, Harvard University / AESA

ISBN: 978-607-384-171-9

Impreso en México – *Printed in Mexico*

Esta novela, publicada originalmente como *La tejedora de sombras*, obtuvo el V Premio Iberoamericano Planeta-Casa de América de Narrativa 2012, concedido por el siguiente jurado:

Alberto Manguel, Carmen Posadas, Clara Sánchez, Carlos Revés, Imma Turbau y Ricardo Sabanes, que actuó como secretario sin voto.

La reunión del jurado tuvo lugar en Madrid el 12 de febrero de 2012.

El fallo del premio se hizo público dos días después en la misma ciudad.

Sonata
para viola y
piano en fa
sostenido menor,
op. 17
à Christiana Morgan

Para Rocío

Now small fowls flew screaming over the yet yawning gulf; a sullen white surf beat against its steep sides; then all collapsed, and the great shroud of the sea rolled on as it rolled five thousand years ago.

Melville, *Moby Dick*

He was soon borne away by the waves, and lost in darkness and distance.

Mary Shelley, *Frankenstein*

Christiana Morgan, 1926. Morgan Family Papers.

I

ALLEGRO CON BRIO

UNA MUJER INSPIRADORA

Saint John, Islas Vírgenes, 1967
De Florencia a Le Havre, 1925

Poco después del mediodía, cuando la playa queda desierta y no se escucha el ulular de las aves ni el clamor de las cigarras —una voz provocaría un escándalo—, el océano parece una plancha color turquesa, sólida e impenetrable. Los rayos de sol atraviesan las olas sin rasgarlas y los petreles se mecen apáticos, como sostenidos por un hilo, en la bruma del trópico.

El viento, capaz de azotar los manglares como briznas y doblar por la mitad un hato de palmeras —una mano violentando su cabello—, exuda un vapor denso que se adhiere a la piel con su tufo a algas fermentadas.

Al alzar la vista, un azul blancuzco e iridiscente hiere sus pupilas. En vez de permanecer a la intemperie, en la quietud de la playa, de *su* playa, Christiana se siente atrapada en un cuarto hermético, un horno de paredes calcáreas, sin salida.

La arena le quema los muslos y los talones, pero ella no quiere erguirse, no se atreve a intentarlo: su cuerpo ha adquirido un peso inmanejable o el aire se ha vuelto tan espeso que mover la mano se le antoja una proeza y prefiere quedarse allí, varada ballena moribunda, frente al apacible mar en llamas.

La mujer extiende los brazos y apoya las palmas en el suelo. Sus articulaciones se tensan y la llaga que ayer se hizo en la muñeca —una errática brazada la impulsó contra las rocas— le arranca un gemido y unas lágrimas.

La brisa empapa su rostro y devuelve a su paladar el sabor a calamares que almorzó más por inercia que por apetito; el regusto acerbo desciende por su garganta, araña su esófago y casi le provoca una arcada. Ella gira el cuello a izquierda y derecha, tratando de desprenderse del aturdimiento y del asco.

Eres repugnante, escucha en medio de las olas.

Absurdo, se dice, no hay nadie aquí sino tú misma: el mar, el sol que es otro verdugo, la arena que se obstina en calcinarte, ¿quién más habitaría este abominable paraíso?

Su lengua enreda las palabras, retuerce las sílabas o las desgaja. En su tono no hay patetismo ni desengaño, apenas cierta nota de amargura.

El roce del agua con las puntas de sus pies —la marea apenas puede llamarse marea— le provoca un ataque de pánico, como si desconociese esa materia transparente, casi viva, que ahora la toquetea.

El océano se burla en cambio de su queja: aquí arriba es pura claridad, una delgada capa de luz marina, el reino de las apariencias, la conformidad con el qué dirán y los modales —un oleaje melifluo y delicado—, aunque basta con sumergir el tronco y la cabeza para sufrir el primer escalofrío, los secretos que muerden semejantes a pirañas, las calumnias y los rumores abisales, un torbellino de celos y de engaños, el qué dirán de las orcas y la acechanza de las anguilas en una oscuridad que todo lo iguala y todo lo destruye.

Cuarenta y dos años atrás: el mismo mar, pero un clima más templado y un tono cercano al acero, casi al negro.

Es verano también, el ríspido verano del otro lado del Atlántico, sofocante aunque sin la profusión de aromas y colores del Nuevo Mundo.

Otro tiempo, otra vida.

La espuma serpentea entre los dedos de Christiana mientras un filo de luz rebana el horizonte. Si acaso es feliz no lo revela: su boca se mantiene cerrada, los labios resecos, el ceño pensativo.

Su vestido de lino blanco permanece en el malecón junto con la ropa de ese hombre que, a diferencia de ella, apenas disimula los nervios. Su cuerpo tenso y firme le recuerda a Christiana un bronce antiguo, uno de los modelos que Pène du Bois le hacía copiar en la Liga de Estudiantes de Arte —un simple cuerpo—, si bien la excitación ante sus nalgas y su sexo le resulta casi dolorosa.

Él toma su mano con más delicadeza de la que ella desearía; su mirada, en cambio, la aterroriza: no porque esconda una torcedura o una amenaza, sino porque lo revela ávidamente concentrado en el océano, como si ella apenas fuese un escorzo del paisaje, una oquedad o una caverna.

Los dos avanzan sin hablar, tiritando —él a causa del miedo, ella por la ventisca que de pronto la acuchilla—, imprimen sus efímeras huellas en la playa y se adentran en la penumbra marina. Cuando el agua les llega a la cintura, él se decide a encararla, le sonríe y la atrae hacia sí. Pero, en lugar de besarla en los labios, en esos labios que solo anhelan el contacto de otros labios, lo hace en la frente y en los párpados —niña desvalida—, mientras el agua salpica la desnudez de sus espaldas.

Christiana no soporta su ternura: lo toma por la nuca y lo besa con violencia.

Él no tarda en apartarse —ella es el peligro, la amenaza— y desvía la mirada hacia el horizonte. Golpeada por las olas, Christiana intenta asir sus músculos, clavar las uñas en su piel, aferrarse a la solidez de su pecho, ese asidero que le impedirá hundirse como un fardo.

Ambos permanecen en silencio hasta que él dice, casi avergonzado, en un susurro: «Debemos regresar».

Ella lo mira con rencor; al cabo acata sus palabras, la maldita razón que siempre lo gobierna.

—Regresemos, pues —concede con un beso.

Un beso que no sabe a inicio ni a despedida, un beso que condensa su rabia, un último beso antes de volver sobre sus pasos, antes de conjurar el espejismo de la noche, antes de recuperar su vestido de lino blanco, antes de volver a la frivolidad del mundo, antes de regresar a la ciudad donde los esperan Will y Josephine unidos en su desventura.

El hombre suelta la mano de Christiana y se dirige hacia el malecón. Es apenas un instante, pero un instante definitivo, porque ella se queda sola —sola como ahora, sola como siempre— en la espesura del mar.

La ensoñación de Christiana se quiebra cuando el hedor de la comida regurgitada la sacude en un espasmo.

La aspereza del vómito revela que no solo se vacían sus entrañas: esa sustancia contiene los últimos restos de su espíritu.

La mujer apoya la frente en la arenisca —un musulmán a la hora del rezo— mientras la saliva escurre hasta su cuello. Un pelícano se lanza contra ella, chillando como un demonio o un niño enloquecido, y Christiana solo lo esquiva de milagro. La abúlica playa se torna zona de guerra: su sangre alimenta a una nube de zancudos, el calor le desgaja los pulmones y el océano la acorrala con sus tentáculos.

Christiana admira la anchura del mar con la misma avaricia que tanto le fastidiaba en Mansol: allí se convirtió en su prisionera y allí se encuentra, tal vez, su escapatoria. El Caribe gira a su alrededor en un remolino. Ella tropieza y emprende el camino a gatas, el pecho y el vientre cubiertos por la arena.

El sol ha iniciado su ronda hacia las profundidades, ¿por qué ella no habría de imitarlo? Un descenso lento como un ancla, las burbujas que la resguardan de los peces y su hambre, una luminosidad azul que se ennegrece, el abrazo feroz de las corrientes submarinas, una inconsciencia cada vez más sutil, más inasible.

Christiana no le teme a la asfixia ni a los predadores, tampoco a la soledad extrema de las aguas: le bastaría con dejarse llevar como quien se deja conducir por una historia, como quien escucha por primera vez la aventura de Ahab y de la bestia, como quien ama sin pensar en la agonía del amor, lo inevitable.

Cuarenta y dos años atrás, en un ruidoso café en las inmediaciones de la piazza della Signoria de Florencia —un sombrío cartel de *bitter* a su espalda—, una Christiana vestida de azul, collar de perlas en el cuello, enreda y desenreda uno de sus rizos y observa la ceniza que se balancea en el cigarrillo de su esposo.

Frente a ellos, una bandeja acumula los restos de la tarde: diminutas tazas entintadas con expreso, vasos semivacíos, una servilleta con pintalabios y un platito con las últimas migajas de un pastel de avellana.

Por la noche, Christiana anotará en su diario: La espera fue un suplicio, me esforzaba por mostrarme irritable, aburrida o ambas cosas, cuando en mi interior solo cabía la brutal excitación del pánico.

Will permanece abismado en el periódico que ha hojeado toda la tarde, aunque apenas conoce dos o tres palabras de italiano. Christiana se vuelve otra vez hacia la ventana, frunce el ceño y finge un bostezo.

—¿Y si volvemos al hotel?

Obsesionado con descifrar la sección de finanzas, William tarda una eternidad en asentir y se demora en pedirle *il conto* a un camarero. Se encuentra demasiado cómodo en ese local tapizado con madera oscura, oloroso a tabaco y a café recién molido —demasiado a salvo— como para abandonarlo de buenas a primeras a cambio del fresco de la calle. ¿Y luego qué harían los dos en su habitación sino esperar con la misma zozobra a sus amigos?

Le duele la espalda y la inercia lo mantiene clavado a la madera de su silla. Christiana no tolera su inmovilidad.

—¿Y si paseamos un poco?

Will exhala con cuidado para que ella no confunda su molicie con un reproche.

—Hemos paseado toda la mañana.

Christiana no protesta. Escudriña la ventana por enésima ocasión —un grupo de jóvenes guapísimos parlotea a voz en cuello—, toma el paquete de cigarrillos de la mesa, lo admira como si fuera una piedra preciosa, extrae uno y se lo lleva a los labios. Will no se da por aludido y ella rebusca en su bolso hasta extraer un mechero de oro, regalo de su padre.

Will le da una última calada al cigarrillo, abandona un par de billetes sobre la mesa y se levanta para recuperar su gabardina y su sombrero. Christiana lo sigue y, una vez en la calle, se aferra a su brazo, más para hacerlo sentir fuerte que por un repentino brote de cariño.

El viento primaveral despeja sus rostros tan blancos, tan idénticos, y los cubre con un saludable matiz rosado. Atraviesan la plaza sin mirarse, sin mirar siquiera la torre o la galería, y mecánicamente se dirigen al *albergo*: Will no pierde oportunidad de deformar el italiano. La lentitud del paseo y los tonos rojizos de la tarde apaciguan a Christiana, quien se sume en otro de los cambios de humor que la ensombrecen desde los primeros días del viaje.

—¿Estás bien? —murmura Will, consciente de que su mujer se aburre y él nada puede hacer para evitarlo.

Christiana asiente con dulzura: la única forma de apaciguar su culpa, la culpa por algo que no ha ocurrido pero ocurrirá tarde o temprano.

—¿Vamos al jabalí?

Ella ama ese zafio bronce, adora su fealdad, la rara emoción de esa bestia que a sus ojos simboliza la naturaleza indómita, espejo de sí misma, en un lugar célebre por su refinamiento y su desidia.

—Por Dios, no otra vez, Christiana.

Will no tarda en comprender su error: no es día para maltratarla.

—¿Por qué no vas tú? —matiza—. La espalda me mata, yo prefiero regresar al *albergo*, así habrá alguien allí cuando al fin lleguen los Murray.

A Christiana le encantaría perderse a solas en el atardecer florentino, recorrer las callejas con el fantasma de Harry a sus espaldas, imaginarlo en cada esquina, especular sobre su ánimo y su desconcierto.

—¿Estás seguro, Will?

Y, sin darle tiempo a una réplica, deposita un beso en su frente.

—De acuerdo, entonces yo iré a saludar al jabalí, no tardo, lo prometo, te alcanzo en el hotel en media hora.

Will sonríe, su primera sonrisa auténtica en semanas. Admira los saltos de colegiala de su esposa, pero una vez que la silueta se pierde en la distancia su rostro se ensombrece.

Ahora será él quien reciba a los Murray, quien deba mostrarse cortés con ellos aunque los ame y los deteste, quien deba responder con buen talante a la pregunta que Harry le formulará antes siquiera de estrechar su mano: «¿Dónde está Christiana?».

Ella escribe en su diario.

Antes del matrimonio, antes de la guerra —antes, pues, de la catástrofe— creí que Will y yo podríamos pasar la eternidad a solas, que nuestras conversaciones jamás se agotarían; hablaríamos de cualquier cosa, lo más banal y lo más serio, reiríamos o al menos compartiríamos un gesto cómplice, e incluso nos imaginé felices sin decir nada. Luego vinieron la guerra y el matrimonio —la catástrofe—, y las infinitas cartas que intercambiamos, nuestras líneas de abnegación y de heroísmo, sus aventuras militares, mis bobas anécdotas sobre este o aquel herido se desbarrancaron en una sucesión de monólogos que no paliaba nuestro temor ante el silencio.

Al principio su distancia me pareció natural: en la clínica vi a docenas de soldados enjaulados en la culpa, el miedo y la presencia feroz de tantos muertos. Quise pensar que Will atravesaría un proceso de curación lento y constante como el de sus compañeros, pero al cabo de un año comprendí que él ya nunca sería el mismo chico jovial, un punto naíf, que adoré en la casa de campo de mi padre.

Y acaso yo misma cambié, incapaz de comprender sus remordimientos.

Y hoy estamos aquí, en Florencia, él me ama y yo lo amo, y apenas nos toleramos si no es rodeados de amigos, de Harry y Jo, incluso de Mike y de Verónica: cualquiera que nos haga olvidar en lo que nos hemos transformado.

Al abrir la puerta del *albergo*, agitada y sudorosa —el jabalí la ha ayudado a desfogarse—, Christiana se topa con el rostro de Josephine: sus facciones aguileñas, pulcras, esmeradas. Sin pensarlo, se abalanza sobre ella.

—¡Qué alegría tenerlos ya en Florencia! —exclama, aunque de inmediato se frena para ocultar la verdadera razón de su alegría.

Josephine le da un beso en la mejilla y se aparta cuanto antes. Christiana la conoce bien, la ha observado durante estos fríos meses en Cambridge, y en su palidez reconoce una tormenta.

—¿Qué tal San Remo?

Una sucesión de frases alambicadas brota de los labios de Christiana: fuegos de artificio para disimular la frialdad de su amiga.

¿Se habrá peleado con Harry en el camino? ¿Se habrán enfrentado? ¿Acaso él habrá insinuado que…? Imposible, se responde Christiana, de seguro solo está cansada, no debo fantasear, no debo dejarme conducir por el instinto.

Distingue a Harry a unos pasos.

—¡Mírate nada más, Chris! —le dice este a modo de saludo—. Estás radiante y colorada. Ya Will me contó de tu pasión por el jabalí florentino.

Harry se muestra comedido, aunque ella discierne en su mirada un resplandor que la colma de alegría y a la vez la solivianta. Odia que él ya lo tenga todo planeado, como si el control de su destino se hallase entre sus manos.

—Ha sido un viaje espléndido —dice Harry—, pero necesitamos un buen baño. ¿Nos encontramos a las seis para la cena?

La propuesta tranquiliza a Christiana: una pausa antes de un encuentro que prevé cuando menos tumultuoso. Jo y ella se toman de las manos, o más bien su amiga la apresa —sus uñas tornasoladas, brillantísimas—, y las dos intercambian sonrisas punzantes. Entretanto, Harry discute con el botones, empeñado en remarcar el cuidado que merece su equipaje. Por fin toma su abrigo, coge a Josephine del brazo y, tras un último guiño a Christiana, ambos suben de prisa hacia su habitación.

Cuando Harry y Jo han desaparecido, Christiana se da cuenta de que Will ha contemplado toda la escena sumido en un sofá.

Su esposo es apenas un observador de las corrientes que se traman entre Harry, Jo, Mike, Verónica y ella misma. Un testigo al margen de sus desgarros, incapaz de detener lo que está a punto de ocurrir ante sus ojos.

Will se yergue: un ligero tic en el párpado derecho revela su malhumor.

—Subamos.

Los dos se detienen frente a la habitación número ocho, él introduce la llave en la cerradura: una enorme llave con una trenza carmesí que a Christiana le parece una señal de mal agüero.

En cuanto se introducen en la pequeña estancia empapelada con violetas y madreselvas, Will planta sus labios macizos en la boca de su esposa. Ella no tiene más remedio que corresponderle.

Él le desabotona el vestido, casi se lo arranca. Besa sus pechos, sus hombros, sus clavículas, pasa la áspera lengua alrededor de sus pezones.

Christiana se abandona. Su marido la arroja encima de la cama, una manta de encaje recibe su cuerpo desguanzado.

—Te amo, mujer.

Christiana no lo escucha, abre las piernas e intenta no pensar en nada. No recordar las facciones de Harry, la colonia de Harry, la voz de Harry.

Will se baja los pantalones con torpeza, se restriega contra los muslos y el pubis de su esposa, pero su sexo se mantiene flácido, traicionado por la urgencia. Christiana toma el pene infantil entre sus dedos —¡pobrecito mío!— y lo acaricia hacia arriba y hacia abajo.

Él se levanta, furioso, y se encierra en el baño.

A ella le gustaría confortarlo, pronunciar una frase que lo reanime, pero imagina que eso sería aún más humillante y opta por quedarse allí, medio desnuda, con los ojos fijos en el techo, sacudida por los gimoteos que llegan desde el otro lado de la puerta.

Y entonces ella también quiere llorar, y también llora.

De niña, para Christiana no existía la oscuridad ni existían las tinieblas: el negro se transformaba en un haz de tonos luminosos, púrpura, azul o violeta, más tarde rojo, naranja y amarillo —verde nunca—, y de pronto una profusión de figuras se alzaba frente a ella. Rombos, cuadrados, triángulos, circunferencias, luego tersas curvas femeninas, lobos, panteras, tigres de Bengala, a veces enormes aves de rapiña, tiburones, lagartos, jabalíes. Criaturas que la rodeaban y la amenazaban, bestias que no le daban tregua mientras ella permanecía en la prisión que su madre y su nana le reservaban cada tarde.

Aquella vez su madre no estaba en casa, había ido de compras con sus vecinas, y como de costumbre su padre permanecía en la universidad hasta muy tarde. Christiana tendría entonces cuatro o cinco años e, igual que sus hermanas, se había quedado bajo el cuidado de la nueva aya alemana, una mujer alta, un punto obesa, con la piel marcada por una telaraña de venas azulosas y unas piernas que parecían palafitos.

La mujer no paraba de gritarles, sus hermanas se asustaban y callaban; Christiana, en cambio, se atrevía a desafiarla y escondía sus mallas y sus zapatillas trogloditas. Al final, la institutriz siempre la atrapaba, la sostenía como un guiñapo, la sacudía vociferando en su lengua pedregosa y, con su gordo dedo índice, le señalaba la puerta del armario.

No había piedad: sus hermanas la observaban debajo de la cama o en el quicio mientras la mujer la sostenía por los hombros, la empujaba al fondo del armario y cerraba la puerta tras de sí.

Christiana solía quedarse allí una o dos horas, pero esa tarde la madre volvió a casa con las manos llenas de paquetes y corrió a su cuarto para probarse los corpiños y las faldas. Sus hermanas jugueteaban, y la alemana se puso a doblar la ropa y a acomodarla en los estantes. Nadie se acordó de la prisionera, abandonada hasta el crepúsculo.

La pequeña gimió hasta que regresaron a su mente las figuras geométricas, las curvas femeninas, la luna blanquísima, los lobos, los buitres, los tigres de Bengala, los tremendos jabalíes.

Solo cuando la madre se alistó para la cena y convocó a sus hijas a la mesa, reparó en la ausencia de Christiana. La institutriz confesó que la había castigado y la madre descubrió su cuerpecito ovillado en el armario. Pudo reanimarla dificultosamente hasta que la pequeña entreabrió los ojos legañosos y balbuceó una disculpa.

Al día siguiente, la madre despidió a la alemana. En cambio, jamás le pidió perdón a Christiana y pronto fue ella misma quien volvió a castigarla en el armario por ser una niña desobediente, una niña altiva, una niña imposible. Una niña tan distinta a sus hermanas.

Durante la cena, la cuadrícula impide que Christiana se concentre: cada vez que Jo o Will abren la boca para disertar sobre el clima —espantoso para abril, ¿no les parece?—, la galantería o el desenfado de los italianos —a mí ni siquiera me parecen guapos—, la obvia belleza de la Puerta del Paraíso de Ghiberti, el *David* o la cúpula de Brunelleschi —uno siempre se decepciona al descubrir las obras que ha visto tantas veces en láminas o revistas—, ella le da un sorbo a su chianti, el enésimo de la noche, y clava la mirada en el diseño ajedrezado.

¿Cómo no cruzar sus ojos con los de Harry? ¿Cómo no dejarse llevar por la tentación y por los celos? ¿Y cómo no deslizar la mano bajo la mesa y detenerla en su rodilla? Las *pappardelle ai funghi porcini* se enfrían en su plato; tampoco ha probado la mozzarella.

Su tacón marca un ritmo que a Jo le resulta intolerable.

Cuando el camarero coloca sobre la mesa tres porciones de tiramisú y unos cafés, Harry al fin arrebata la palabra a sus amigos.

Basta de *small talk*, basta de evasivas: es hora de contar lo que de verdad importa, lo que todos quieren —o no quieren— escuchar. Los cuatro se encuentran ya achispados, el chianti flota en sus cabezas, Jo tiene la nariz y las mejillas coloradas, incluso a Will se le nota distendido, y Christiana se muere por saber cómo se desarrolló el encuentro de Harry con Jung.

Este comienza con la frase que ha tratado de concluir al menos en diez ocasiones a lo largo de la cena.

—No solo me impresionó su habilidad para medir de golpe a las personas, sino su talento para predecir el futuro: siempre adivina lo que vas a contarle como si te conociera de toda la vida. Emma también es excepcional, uno no imaginaría que una mujer tan severa pudiera ser tan, ¿cómo decirlo?, tan comprensiva con su esposo. Jung asegura que con el tiempo se convertirá en una magnífica terapeuta.

Jo bosteza, preferiría charlar sobre el clima o el azúcar de los postres.

—Lo más extraordinario es la clase de vida que lleva Jung en un lugar tan conservador como Suiza. Al lado de su esposa, mantiene en su entorno a una joven analista, antigua alumna suya, una chica de unos treinta y tantos años, no muy agraciada pero sí muy vivaz e inteligente, a la que llama su *mujer inspiradora*.

Si se viese obligado a ser fiel a la verdad, Harry tendría que reconocer que su encuentro con Toni Wolff fue menos idílico. Jung le insistió en que fuese a su consulta y a él no le quedó otro remedio más que seguir sus instrucciones. Acudió a la casa de la Wolff cerca ya del mediodía, antes de la visita ritual que ella solía realizar al maestro.

Ella despachaba en una habitación pequeña, un tanto lúgubre, desprovista de adornos: muros blancos e impolutos, una ventanita sin cortinas, una rústica mesa de trabajo atestada con notas y papeles, una lámpara de pie con una esmerada orfebrería, única concesión al lujo y al buen gusto.

La Wolff lo recibió vestida con una chaqueta de cuero que él imaginó de cazadora, una falda larguísima, el cabello medio revuelto, mal peinado, y descalza. Sí, descalza.

En todo momento le demostró la helada gentileza de los suizos, le formuló las preguntas habituales, intentó repasar sus complejos y sus fobias, desmenuzó algunos de sus sueños —un perro corretea frente a un granero en llamas, un niño con voz de adulto le relata la caída de un reino medieval—mientras él trataba de responder a sus preguntas.

Al final, ella le ofreció una taza de té y se despidieron con cierta sensación de fracaso compartido: la Wolff debía de verlo como a uno más de los esnobs americanos que tocaban a su puerta y a él en cambio solo le intrigaba escudriñar la ambigua relación que la antigua alumna tenía con su maestro.

Sin dejar de morderse el labio inferior, con un tono desprovisto de malicia, Will interrumpe a su amigo.

—¿Quieres decir que esa mujer tiene una amistad, cómo decirlo, una amistad íntima con Jung, y que su esposa lo permite?

Harry no lo hubiese resumido mejor, pero una vez que los cuatro han escuchado estas palabras se ven obligados a asumir las consecuencias de un ejemplo de vida que los excita y los pone de los nervios.

Jo mantiene el tipo, no reacciona, su coraje se traslada a la imperceptible presión que sus dedos ejercen en la taza. Christiana siente un sudor frío en los costados. El propio Will queda atónito ante la franqueza de su síntesis. Solo Harry lanza una carcajada que se quiebra sin remedio.

—Emma y Toni no solo asisten y acompañan a Jung —prosigue tras una pausa—, sino que se alternan en las distintas tareas que él realiza. Los tres forman un equipo, trabajan juntos, se aman, persiguen la individuación. Tú sabes de lo que hablo, Christiana: uno solo puede conocerse a sí mismo si se adentra en su yo con la ayuda de alguien dotado con un instinto y una sensibilidad poco comunes.

Él no necesita dibujar más paralelismos, pero Christiana no está dispuesta a claudicar tan fácilmente: la idea acaso la seduzca, se siente halagada, una *mujer inspiradora*, una mujer capaz de inspirarlo a él, a Henry A. Murray. Le enfada en cambio su arrogancia, su falta de tacto.

Él argumentará que ha hablado con franqueza, que se vale de la honestidad habitual entre los cuatro, e insistirá en que entre ellos nunca han existido fronteras o tabús, pero esta vez se ha pasado de la raya.

—No puedo entender que dos mujeres de nuestro tiempo acepten condiciones semejantes. Yo no lo toleraría.

Ese *yo* destempla a Harry, aunque la estrategia de Christiana no funciona por completo: Josephine no parece admitirla como cómplice y no se produce una alianza entre las dos mujeres.

Harry se apresta entonces a reafirmar su admiración por Jung, pero para entonces ya nadie lo escucha. Will paga la cuenta y los cuatro abandonan la trattoria bajo el silencio de la tarde.

Christiana y Henry se conocieron dos años atrás, en 1925, en una función de la Ópera Metropolitana de Nueva York.

Mitleid! Mitleid mit mir! Nur eine Stunde dein! Nur eine Stunde dein! Und des Weges sollst du geleitet sein!, cantaba la rolliza soprano envuelta en una túnica violeta, el cabello revuelto y el gesto enloquecido, postrada ante el héroe, muy cerca del villano que la había tentado y abducido.

Christiana la escuchaba con un nudo en la garganta. Aborrecía al tenor por despreciar a aquella mujer caída sin el menor gesto de clemencia. *Vergeh, unseliges Weib* —largo de aquí, mujer malvada o desdichada: el pobre alemán de Christiana solía traicionarla—, le espetaba, mientras la soprano suplicaba aún misericordia: *Hilfe! Hilfe! Herbei!*

Para mayor enfado de Christiana, al final la mujer accedió a revelarle al tenor el conjuro que le permitiría vencer a su enemigo. Así, cuando el barítono arrojó la lanza sagrada contra el héroe, a este le bastó con hacer el signo de la cruz para que el arma flotase sobre su cabeza y el demoníaco castillo se derrumbara en pedazos. Victorioso, el tenor volvió la vista hacia la soprano desde el muro en ruinas y, mientras esta aún se arrastraba por el fango, le dirigió sus últimas palabras: *Du weißt wo du mich wiederfinden kannst*: tú sabes dónde puedes encontrarme.

Unos toscos acordes señalaron el final del segundo acto. El público se irguió eufórico y los artistas se precipitaron hacia el proscenio, arropados con los aplausos.

Solo Christiana permaneció inmóvil en su asiento, con lágrimas en los ojos: lágrimas de rabia. Ella jamás habría llorado por las separaciones, las rupturas, los amores frustrados o exultantes a lo Hollywood, pero sí por el desdén que sufrían aquí y allá, entonces y ahora —siempre—, las mujeres.

Al distinguir sus ojos llorosos, Mike Murray tomó su mano y la acarició como debía hacer con todas sus conquistas: el caballero dispuesto a consolar a la damisela. Christiana se apartó de él bruscamente.

Qué le pasa ahora a esta mujer, pensó Mike.

Desde la primera vez que estuvo con ella, en un hotel del Village, Christiana no solo se acostó con él sin hacerle demasiadas preguntas, sino que le propuso repetir la experiencia cada dos o tres semanas, eso sí, a las horas más extravagantes —los jueves a las diez, los domingos a las cinco—, cuando a sus respectivas parejas les parecería menos sospechoso. Mike jamás entendió por qué todo había resultado tan sencillo, por qué ella no opuso resistencia, una mujer tan sofisticada y tan lista, mucho más lista que él en cualquier caso, aunque, como ahora comprobaba, también medio loca e intratable.

Las luces de la sala se encendieron y Christiana se vio inmersa en el oropel que tanto adoraban los fanáticos: los esmóquines, las pajaritas, las estolas, los armiños, los escotes con su profusión de perlas y diamantes. La hipocresía de esa sociedad donde ella había crecido, donde nació su madre, y donde su madre buscó sin falta confinarla.

—Allá está mi hermano, voy por él, me gustaría presentártelo —le susurró Mike al oído, y la dejó en el palco acompañada por un par de carcamales.

Desde la adolescencia, ella había oído hablar de Henry Murray: a su madre siempre le pareció un gran partido y sus amigas se batían por él en los bailes de debutantes, aunque al final terminó casándose con Josephine Rantoul, la rica heredera de Boston, una chica no deslumbrante ni hermosa, aunque sin duda distinguida, pulcro cutis sin defectos, de seguro estelar ama de casa.

Cuando Henry —llámame Harry, le dijo— besó la mano de Christiana con un ademán tenso, casi brusco, ella ni siquiera alzó la vista, farfulló un hola informal y se concentró en el mal gusto de los decorados.

A Harry —llamémoslo, pues, Harry— le divirtió la insolencia de esa muchachita arisca, de ojos gigantescos, la indomable amante de su hermano.

En cualquier caso, Mike ya lo había prevenido sobre su malhumor y su falta de modales.

Sin prestarle demasiada atención, Harry comentó el espectáculo con sus vecinos, elogió la vehemencia wagneriana, criticó los agudos de la soprano, las penurias del director en el preludio, el magnífico centro del barítono: un despliegue de erudición solo para ella.

Una campanilla anunció la llamada tercera, Harry se disculpó, volvió a besar la mano de Christiana y abandonó el palco para reunirse con Jo y sus amigos en la platea.

Mike regresó a su asiento y se entretuvo enfocando sus prismáticos mientras Christiana le dirigía una mueca cuyo sentido era evidente —vaya hermano insoportable— antes de dejarse sacudir por el oleaje de la música.

En su diario, ella misma cuenta su siguiente encuentro.

«¿Tú a quién prefieres, a Freud o a Jung?», le solté a bocajarro, agitando los dedos para dibujar el perfil de los rivales. No habían pasado ni dos semanas desde nuestro primer encuentro o desencuentro en el Met, pero yo me las ingenié para invitarlos a él y a Josephine a una cena en nuestra casa.

Ese fue nuestro primer enfrentamiento verdadero, él por una vez a mi merced y yo a mis anchas, gloriosa en mi papel de anfitriona punzante y aguerrida, sin darle tiempo para protegerse, obligándolo a darme una respuesta. «Eso depende de quién formule la pregunta», soltó Harry, amedrentado. Yo lo abrumé hasta que no tuvo más remedio que confesar que no los había leído bastante. «Pero dígame usted cuál es su favorito», me dijo. «Jung, por supuesto», respondí. Harry depositó entonces su cuchara en la crema de espárragos y escondió una sonrisa. «¿Y me puede decir entonces cómo alguien tan joven y, si me permite el atrevimiento, tan hermosa ha llegado a una elección tan contundente?».

Me hubiera gustado contestarle: «Por la vida, por mi vida, por todo lo que he vivido», pero una frase de esta naturaleza en labios de una jovencita de veintiséis años hubiera sido un despropósito. La depresión estacional, esa huidiza patología que me fue diagnosticada a los quince años, fue la responsable de mi inmersión en la psicología, el psicoanálisis, la psicología analítica, los desarreglos del cerebro, los sueños, las visiones, los tics, los lapsus, las fobias, las manías.

Tras un primer ataque a los quince años, el mal se volvió crónico. Podía pasar largas temporadas sin ningún síntoma, más o menos feliz, más o menos triste, concentrada en los bailes, los galanes, los vestidos, y en parecer siempre mejor dc lo que era —típica enseñanza de mi madre—; y luego, sin el menor aviso, mi ánimo se enturbiaba, dejaba de comer, los bailes, las fiestas y los chicos me parecían irrelevantes, me volvía arisca y grosera, enfrascada en mi diario y mis dibujos.

Mis padres consultaron a varios médicos y todos recomendaron la misma cosa: reposo y descanso. Lo cual equivalía a alejarme de cualquier actividad que alterase mis nervios, privándome de todo lo que me emocionaba o conmovía: el arte, las actividades al aire libre, e incluso la lectura de novelas, en especial las policiales y los westerns. Los inviernos se convirtieron en dilatadas pesadillas, sucesión de días vagos y anodinos, desprovistos de recuerdos.

Con el paso de los años quise entender qué sucedía con mi mente, arrinconé los folletines a lo Jane Austen y, gracias a los consejos de Lucia, deshojé un sinfín de volúmenes psiquiátricos, tratados médicos y monografías patológicas, cualquier cosa que me ofreciese alguna clave sobre mis padecimientos. Luego comparecieron ante mí Freud, Rank, Adler y Jung, el cerebral y erudito Jung, el único que parecía capaz de darles sentido a mis visiones y a mi angustia sin tener que hablar de sexo, de sexo y de heridas infantiles.

Pero, en vez de responderle todo esto, me limité a decirle: «Muy simple, Harry, porque yo sí los he leído a ambos». La velada retomó entonces su curso, en la mesa se barajaron tópicos menos elegantes, se habló de los sombreros a la moda, de la crisis alemana, de la nueva temporada de regatas e incluso de las preferencias por los gatos o los perros. Harry y yo interrumpimos esa charla que habría de prolongarse durante las siguientes cuatro décadas. Nos mezclamos con los otros comensales y luego nos trasladamos al salón para el café y los cigarros. Esa noche ni siquiera intentamos reencontrarnos, presintiendo acaso el tiempo que nos quedaba por delante.

Solo antes de despedirme, me permití un último flirteo. Subí a mi habitación, regresé con mi ajado ejemplar de *Psicología del inconsciente*, lo coloqué en las manos de Harry y le susurré al oído: «Ahora es tuyo».

Qué es una persona, qué vuelve diferente a una persona de otra —escribe Christiana en otra parte de su diario—, por qué a unos nos apresan los espejos y otros prefieren desmenuzar el horizonte, por qué unos adoramos los eclipses y otros el fulgor sobre las dunas, por qué unos tiritamos en verano y otros nadan desnudos en glaciares, por qué unos excavamos obsesos y otros sobrevuelan acantilados, por qué unos danzamos inmóviles y otros marchan severos como estatuas, por qué unos predecimos erupciones y otros explican las tormentas una vez que ha escampado, por qué unos lloramos todas las madrugadas y otros arden una vez cada cien años, por qué unos gozamos a cuentagotas y otros sufren apenas, ¡miserables! Qué nos ata, qué nos prefigura, qué nos martiriza, qué nos aprisiona, qué nos exhibe, qué nos delata, contra qué debemos alzarnos, qué debemos aceptar calladamente, qué endiablada carga hemos de soportar hasta la tumba.

De vuelta en Florencia, los cuatro han pasado toda la mañana en los Uffizi, tres o cuatro horas ante cada *madonna*, cada cristo, cada mártir, cada crucifixión, cada epifanía, cada cruel pasaje del Antiguo Testamento, cada voluble dios griego y romano, aunque en realidad ninguno ha visto nada. Las imágenes se deslizan a través de sus pupilas, arriban a sus cerebros y allí se extravían sin remedio.

Harry y Josephine entrelazan sus manos de vez en cuando, exhiben su cordialidad como una obra maestra —artistas de la simulación—, Christiana y William prosiguen en cambio rutas separadas, cuando llegan a toparse se sonríen lerdamente o más bien Christiana sonríe, él se alza de hombros y cada uno se escurre hacia una sala distinta del museo.

Harry permanece concentrado en el tiempo que acaba de pasar en Zúrich: desde que decidió estudiar el doctorado en bioquímica en Inglaterra y convenció a su hermano y a los Morgan de sumarse a la aventura, siempre pensó en seguir la recomendación de Christiana y buscar una entrevista con Jung. En cuanto se instaló en Leckhampton House y se registró como *fellow* del Trinity College, le escribió al maestro una carta donde le detallaba sus investigaciones y expresaba una devota lealtad hacia su perspectiva analítica.

Jung se demoró en responderle.

Harry revisaba el buzón día y noche sin resignarse a su silencio hasta que al cabo el maestro le dirigió una misiva circunspecta, aderezada, eso sí, con una genuina curiosidad por sus estudios.

La correspondencia entre ambos se prolongó durante meses, justo cuando Harry más la requería, cuando se sentía más torturado por el vaivén de sus afectos. Jung le comunicó que podría recibirlo en primavera y Harry diseñó un itinerario que le permitiera escabullirse de las tensiones que se acentuaban en su entorno: acudiría él solo a Zúrich y dos semanas después se reuniría con Jo en San Remo y con los Morgan en Florencia para unas breves vacaciones.

Durante su primera charla con el doctor Jung —nunca se atrevería a llamarlo por su nombre de pila—, Harry le contó un episodio ocurrido en el tren hacia Zúrich y ahora, mientras deambula por los Uffizi, lo rememora un tanto avergonzado.

La mujer vestía de negro, un velo de rejilla y un sombrero ladeado impedían apreciar la sutileza de su rostro, la boca sensual e iridiscente, los ojos negros, la tez más blanca que un cadáver. Detenidos en Friburgo bajo el granizo, él no dejaba de admirarla —una fiebre análoga lo llevó años atrás a cuidar a una joven prostituta sifilítica, de nombre Alice Henry—, pero solo se atrevió a hablarle cuando el tren recuperó la marcha. Descubrió así que era inglesa y le propuso acompañarla al vagón comedor.

Ella accedió, aunque sin revelarle otra cosa que su nombre: lady Winifred; nada le dijo en cambio de su estado civil o su pasado. Charlaron un rato en torno al arte y a la música —ella sucumbía ante Brahms, él ante Wagner—, y pronto se deslizaron hacia el amor, la muerte, el tránsito del amor a la muerte. Si la misteriosa mujer estaba familiarizada con las pérdidas, demostraba una entereza rayana en el cinismo. Harry entretanto permanecía atrapado en la blancura de su piel, en sus ojeras, en el carmín de sus labios. De repente ella se irguió, le extendió la mano y se marchó sin dar más explicaciones.

El recuerdo de aquella mujer persiguió a Harry hasta Zúrich: soñaba con ella y con ella despertaba aunque nada lo hubiese unido a lady Winifred fuera de las sombrías reflexiones de una tarde. Si bien tenía pensado hablar con Jung de asuntos más profesionales, de buenas a primeras se descubrió contándole su fijación por lady Winifred, que a su vez lo condujo a Alice, la prostituta sifilítica, y por fin al tema que en verdad lo sacudía, su obsesión de esos años, la causa que lo había llevado a Zúrich: Christiana.

Aunque en teoría es quien más se interesa por Botticelli, Perugino, Del Sarto, Tiziano, Del Piombo o Veronese, Christiana tampoco disfruta de los lienzos: nubes multicolores que se esfuman de inmediato.

Qué quiere de mí, se pregunta, qué busca de nosotros, en qué clase de relación nos imagina, por qué asume que Will y Jo callarán sus celos, cuánto hay en él de sinceridad y cuánto de egoísmo. Harry sabe lo que siento, conoce mi ánimo, el vínculo que para bien o para mal ya nos aprisiona, ¿hasta dónde estará dispuesto a llegar, hasta dónde se atreverá a conducirnos? Will sufre y nada puedo hacer para aliviarlo: aunque Harry y yo jamás nos acostáramos, la herida para él sería la misma; Jo, por su parte, conserva las formas, sufre también, no lo dudo, si bien su trato conmigo apenas ha variado. Me busca, me repite que me quiere, pero ahora es mi rival además de mi amiga y hará cualquier cosa con tal de conservar a su marido. En todo caso, ella no me preocupa o me preocupa muy poco, es Will, mi pobre Will, quien me tortura.

Frente a una *madonna* casi aburrida ante la gloria de su hijo, Christiana recuerda una vieja fotografía tomada por su padre el día en que ella y Will anunciaron su compromiso.

Bill (así lo llamaba entonces), con su uniforme recién planchado, el caqui que se confundía con la enramada, la mirada luminosa y llena de ilusiones, una sonrisa franca en los labios, una sonrisa que jamás he vuelto a ver en su rostro desde el inicio de la guerra. Él me toma de la mano, los rizos enmarcando mi cara de niña: dos adolescentes que se creen enamorados, dos jóvenes que ese día se juran amor eterno, los corazones hinchados de fe, de expectativas. El escenario era la casa de campo de mi padre, su jardín exuberante, mi refugio y mi paraíso, un entorno que debía resguardarnos en su ausencia. Gracias a nuestro cariño, la guerra no sería sino un paréntesis. Pronto volveríamos a estar juntos y seríamos los mismos: dos muchachos hermosos e inocentes, colmados de futuro, ¡qué equivocados, qué brutalmente equivocados!

Mientras Christiana avanza por el Corridoio del Cinquecento —y solo distingue perfiles borrosos y arduas pinceladas—, Will se desliza en otra sala, echa un vistazo a diestra y siniestra y, como si cumpliera una misión bélica, elige un objetivo, no necesariamente la imagen más célebre o más reconocible, se detiene ante él largos minutos, escruta cada detalle, revisa palmo a palmo los contornos, busca descifrar la composición y la perspectiva, aunque al final las únicas imágenes que arriban a su mente representan a soldados en el lodo, sus rostros devastados, sus mejillas manchadas por la sangre, los enormes huecos dejados por las balas.

Will no piensa en Christiana, no piensa en Harry, no piensa en la voluntad de Harry de acostarse con Christiana, ni siquiera en la voluntad de Mike de acostarse con Christiana. Que ella despierte semejantes tentaciones le parece casi natural e inevitable: no le molesta tanto que ella acabe por ceder a la lujuria —o que ya lo haya hecho, no lo sabe—, sino observar a Christiana frente a Harry. Su esposa nunca mira a Murray a los ojos, se da vuelta cuando este le habla, se escabulle en cuanto aparece y así pone en evidencia el gigantesco poder del miserable.

¿Y Josephine? Jo es la mayor incógnita en esta historia, nadie parece recordarla, a nadie seduce, a nadie intriga, y sin embargo siempre estuvo allí, al lado de Harry, al lado de Christiana. Un gozne permanente entre Harry y Christiana.

Ella pasea muy oronda entre las pinturas renacentistas o dieciochescas, las encuentra bonitas o delicadas, alguna la enternece aun si no la entiende demasiado o la entiende como cualquier mortal, no como Harry, de seguro no como Christiana.

¿Qué tan segura está de retener a su esposo, de que este no habrá de abandonarla? Jo no puede confiarse, aunque reconoce sus ventajas: su posición social, su entereza, su dinero —por difícil que sea decirlo, su dinero—, ¿estará Harry preparado a renunciar al respeto de sus pares por una mujer ciertamente hermosa, ciertamente aguda, pero que jamás le garantizará una vida confortable?

Jo está dispuesta a tolerar esta aventura, a perdonar a su esposo de antemano o a fingir que lo perdona, a cerrar los ojos y a taparse los oídos mientras dure su infatuación o su capricho, es otro de los sacrificios que se exigen a las esposas de su clase y puede consentirlo; no soporta en cambio las mentiras, las dobleces. Harry deberá comprometerse —así se lo exigió en San Remo— a contarle cuanto suceda con Christiana, no porque le guste el chismorreo, no porque quiera flagelarse o flagelarlo, no por morbo ni curiosidad malsana, sino para saber dónde se encuentra, para estar siempre un paso por delante.

Jo se detiene ante un Tintoretto, la sacude un crepúsculo marino de grises y de platas, da un giro y se topa de frente con Christiana. Las dos mujeres emborronan su fastidio, Josephine se compadece en silencio de la melena hirsuta de la otra, esta en cambio se aferra al brazo de su amiga como antaño.

Harry no tarda en alcanzarlas y se lanza en otra de sus peroratas eruditas, identifica símbolos del inconsciente dondequiera, diserta sobre arquetipos, mitos fundacionales, fuerzas ctónicas y poderes ultramundanos donde ellas solo han visto santos o héroes mitológicos.

Jo escudriña cada gesto de su marido: a cuál de ellas mira en cada instante y cuánto tiempo le dedica a cada una, ajena a su improvisada conferencia.

Christiana, por su parte, odia no poder frenar la admiración que siente por Harry.

Al cabo de minutos que a las mujeres les resultan infinitos, Will se incorpora al grupo con el semblante alicaído, como si en vez de contemplar uno de los mayores tesoros de Occidente hubiese arrastrado unas cadenas.

Por fin están juntos los cuatro y ahora no les queda sino buscar un buen lugar para una copa.

El matrimonio de Henry y Josephine nunca había sido ejemplo de compatibilidad, de pasiones desbordadas.

Apenas un par de años después de la luna de miel que a duras penas transitaron, mientras caminaba desde el Rockefeller Institute en el East River y la Sesenta y Ocho hasta su casa en el 129 Este de la Sesenta y Nueve, Harry se preguntaba si esa noche lograría dormir tranquilo o si Jo le insinuaría, suave e inapelable, su obligación de cumplir con sus deberes maritales. A él cada día le resultaba más arduo satisfacerla, apenas se excitaba con el olor de su piel recién lavada, el discreto volumen de sus pechos, el vaivén moderado de su pubis.

Jo se metía a la cama con un camisón apenas traslúcido y allí aguardaba su llegada, su sexo tardaba una eternidad en humedecerse y entonces solía ser muy tarde: Harry había perdido todo interés, su miembro apenas se inflamaba, lo introducía con dificultad en la vagina de su esposa y una vez allí se demoraba una eternidad en expulsar unas gotas de semen.

Para colmo, Jo no chillaba, no se movía, no le permitía entrever si había gozado o si sus maniobras le habían resultado indiferentes. Al final, los dos se refugiaban en extremos opuestos de la cama, sin saber quién había tenido la culpa, y simulaban dormir mucho antes de que los venciera el sueño.

Aconsejados por el doctor Macomber, Harry y Josephine decidieron separarse por dos meses. Él permaneció en Nueva York y ella se marchó a un sitio de descanso en Palm Springs, desde donde —por prescripción médica— le escribía largas cartas.

«No sé cómo decirte esto, casi no me atrevo», le decía en una de ellas, «pero el hombre del que te hablé, el alto y musculoso con un horrible acento sureño, ha vuelto a dejarme un mensaje debajo de la puerta». A Harry el relato lo sacudía y al mismo tiempo lo inflamaba. «Me pide que lo acompañe a cenar cerca de la laguna, no sabes cómo me miraba a la hora del almuerzo, ninguna mujer decente lo toleraría y sin embargo no consigo enfurecerme, lo confieso».

Al parecer, el remedio funcionaba: la sangre se le subió a Harry a la cabeza y no tardó en advertir el subterráneo crecimiento de su sexo.

«Le he escrito para negarme», seguía Jo, «pero me ha costado más esfuerzos de los que hubiese imaginado. Es un hombre locuaz, con un cuerpo que se adivina perfecto, y lo peor de todo, cariño mío, es que he empezado a soñar con él, ¡perdóname!, tenía que contártelo». Para entonces, Harry ya no lograba controlarse. Si Jo pudiese verlo, no dudaría un segundo de su virilidad, de su potencia.

«Me veo en el camarote de un barco, por el ojo de buey se filtra el horizonte y el ruido de las olas, estoy desnuda sobre la cama. Él entra intempestivo, el pecho descubierto marcado por el sudor y el ejercicio. No me pregunta nada, me toma bruscamente por las piernas y me coloca boca abajo». Al leer esto, Harry se bajó la cremallera: su mano subía y bajaba, y él jadeaba y se preguntaba —no podía dejar de preguntárselo— cuánto había de verdad en el relato de su esposa.

«Vuelvo a encontrarme con él durante el desayuno, él me saluda, insiste en acompañarme, no tengo fuerzas para rechazarlo, paseamos en silencio por la orilla de la laguna, su voz resuena en mis oídos, el corazón se me sale del pecho. Cuando nos hemos alejado de todos y no queda nadie cerca, me toma del talle y me da un beso en los labios; yo por supuesto me aparto, Harry, no lo dudes, corro febrilmente pero él me da alcance, me tumba sobre la hierba, me arranca la ropa y otra vez me coloca boca abajo».

Harry odiaba al doctor Macomber por haber enviado a su mujer a Palm Springs, al tiempo que un gran chorro de semen estallaba entre sus dedos. «Y entonces», leyó Harry con alivio, «la luz de la mañana me despierta».

Por la misma época, Christiana desenredaba una venda amarillenta cubierta de sangre coagulada y descubría una llaga supurante: meses atrás se hubiera desmayado. El médico de guardia le explicó que la bala había atravesado el músculo, muy cerca de la femoral, sin llegar a destrozarla.

Christiana llevaba más de cincuenta horas sin dormir y aun así no se sentía fatigada. El estallido de la gripe española había trastocado sus labores de enfermera: en vez de ocuparse de traumatismos y heridas de bala, ahora debía concentrarse en desinfectar a los pacientes para evitar nuevos contagios.

Tras la partida de Bill hacia el frente, Christiana se batió durante un año con sus padres para que le permitiesen sumarse al cuerpo de enfermeras: para ellos era una joven perturbada y lo mejor que podía hacer era quedarse en su cuarto. Al final, se salió con la suya. Se sumó a The French Wounded, se inscribió a los cursos de la Lincoln House y al cabo se largó a la Cruz Roja de Nueva York, acompañada por Sal Shelbourn y Frances Clarke.

Al cabo de tres meses de entrenamiento, fue asignada al Flower Hospital, luego a Portsmouth, donde tuvo que lidiar con la misoginia del doctor Brigham, y, en agosto de 1918, llegó a Corey Hill, este gigantesco depósito de pus y sangre.

El muchacho no tendría más de dieciocho años y de pronto soltó un grito sordo; Christiana deslizó un paño húmedo sobre su frente.

—¿Cómo te llamas, soldado?

Este balbuceó sonidos confusos —Jack o Jim o Joe, no conseguía descifrarlo—, ella había oído tantos nombres y había olvidado tantos nombres a lo largo de esas semanas, tantos jóvenes hermosos habían muerto entre sus brazos: aquí solo importaba no morir, o morir sin dolor, o al menos morir acompañado.

Ella siempre apresaba la mano de los desahuciados, acariciaba sus mejillas, les revolvía el pelo con cariño y en cuanto fallecían corría a vomitar al baño. Pero, gracias a este trabajo, por primera vez se sentía útil: ya no era la adolescente quebradiza de antaño, qué más daba si su adorado padre se burlaba de ella, nunca se había sentido tan viva como ahora que se encontraba asediada por la muerte. Sus depresiones se tornaban ridículas en estas circunstancias, las horas de desvelo no la dejaban preguntarse por sus propias aflicciones. La guerra le permitía imaginarse imprescindible, a la altura del sacrificio que su prometido realizaba al otro lado del Atlántico.

En noviembre de 1917, Bill se había sumado al 28º Batallón de Infantería, uno de los primeros en entrar en combate.

Al principio, las noticias de Christiana lo llenaban de ánimo: adoraba sus historias, su decisión de convertirse en enfermera, el cuidado con que trataba a los heridos, la devoción que ella le profesaba, el amor que construían juntos así fuese en la distancia, y le respondía con idénticas dosis de romance. Le narraba cada nuevo episodio como si los dos se encontrasen en un plano más alto, sus mentes conectadas más allá de la guerra.

Entonces murió George y la epopeya comenzó a desmoronarse.

Bill se vio arrastrado a las trincheras, a contar cada día nuevos muertos, vecinos o conocidos muchos de ellos, empezó a discutir con sus superiores, a rebelarse contra la inutilidad de tantas pérdidas. Su batallón se enzarzaba en una serie interminable de misiones, ninguna de las cuales parecía crucial pese a las órdenes estrictas de cumplirlas. Por fin, una estúpida herida en el pie izquierdo lo obligó a abandonar el campo de batalla en Soissons.

Trasladado de emergencia a Vichy, se enteró muy tarde de que todos sus amigos, todos, los veinticinco miembros de su pelotón, habían fallecido en la refriega, su amigo Billy Stevens entre ellos. Decidió que ya nunca podría usar ese apelativo y exigió volver al frente para encarar el mismo destino de los suyos.

Fue enviado a París y luego a Gondrecourt, pero la muerte huía de él pese a su deseo de abrazarla.

Las cartas de Christiana dejaron de consolarlo: ella aún aplaudía el heroísmo, glorificaba la sangre, vibraba con las hazañas del ejército aliado; Will, en cambio, solo anhelaba la paz de una tumba. Tantas muertes lo habían aniquilado, no había razón alguna que pudiese compensarlas.

¿Cómo enseñarle a Christiana este vacío, cómo revelarle la perversidad de quienes lo enviaron a la guerra?

El 18 de noviembre de 1918, le escribió: «Esposa mía, estoy deprimido, qué profundas desilusiones, ningún hombre de mi generación podría hablar de ellas a la ligera. Es terrible la traición que cometieron contra nosotros los más viejos, aunque de ella ha surgido en mí cierta fortaleza, no la fortaleza de la guerra, sino la fortaleza para oponerme, para desconfiar y rebelarme contra los deseos de quienes nos precedieron, para interrogarme sobre los fundamentos de la vida que ellos prepararon para nosotros. Creo que por largo tiempo tendremos que juzgarlos sin la menor misericordia».

La tersa mañana del 12 de abril de 1925, un día después de su visita a los Uffizi, Christiana al fin encuentra un momento a solas con Harry bajo los cipreses del cementerio de Rapallo. Jo ha pretextado un dolor de cabeza y Will se ha apresurado a ofrecer la misma excusa.

—¿Qué quieres de mí?

Harry intenta perseverar con sus rodeos y sus hipérboles.

—Eso mismo le pregunté yo a Jung.

—¿Entonces será el ilustre doctor Jung quien decida nuestro futuro?

Harry intenta quitarle importancia a su desliz.

—Eso hace un analista, Chris —le dice—. Ayudarte a distinguir tu deseo para que lo confrontes sin avergonzarte.

El tecnicismo no la apacigua.

—¿Y qué te dijo Jung? ¿Sabe ya qué harás conmigo? ¿Con nosotras?

—Jung opina que todos debemos decidirlo.

Ella recupera su aplomo, se coloca a un palmo de distancia y su voz se vuelve una cuchillada.

—¿Todos?

La claridad de la pregunta paraliza a Harry, quien añade con torpeza o tal vez a propósito:

—Tú y yo, Christiana. Y Will y Jo. Los cuatro.

Aquella tarde, en Zúrich, Jung observaba a Harry con sus ojos como moras como si buscara desnudarlo: a diferencia de Freud, quien jamás supo mirar a sus pacientes —de allí su voluntad de confinarlos al diván—, el suizo prefería sentarse frente a ellos y conversar como viejos conocidos. La charla informal no tenía por qué restarle densidad al análisis, más bien le otorgaba un carácter humano que a Freud se le escapaba.

Harry recibía en su rostro la luz que franqueaba el terciopelo, las motillas de polvo lo envolvían en un halo, rodeado por los ocres de la estantería, los retratos de filósofos y antepasados del maestro, sus diplomas y sus grabados alquímicos.

Llevaban más de dos horas juntos, sin que Harry supiese cuándo habrían de pasar del parloteo a la terapia.

El analista se explayó sobre las mujeres que acudían en masa a visitarlo, en su mayoría desde América.

—Pasan semanas en el hotel Sonne antes de que Toni o yo podamos atenderlas. Mis detractores las llaman mis valquirias, por eso necesito huir de Zúrich, para poder pensar o escribir lejos de ellas.

A continuación, le detalló los problemas financieros del Club Psicoanalítico, la falta de orden y dinero pese a los donativos de madame Rockefeller (Harry se estremeció al oír ese apellido).

Al término del largo soliloquio, Harry intentó tomar la palabra.

—La actual situación del psicoanálisis en Harvard y el frágil liderazgo de Morton Prince nos han llevado... —comenzó a decir.

Jung lo frenó en seco.

—Herr Murray, usted no ha viajado cientos de kilómetros para contarme los chismorreos de la academia americana, mejor hábleme de una vez por todas de su relación con frau Morgan.

Harry le contó entonces cómo conoció a Christiana. Ante el «¿Tú a quién prefieres, a Freud o a Jung?», Jung soltó una carcajada.

Luego Harry le dijo que ella era una de las dibujantes más talentosas de su generación, le habló de su carácter —introvertida, intuitiva, reflexiva, en la terminología del maestro—, y le dijo que jamás conoció a alguien que poseyese una comprensión tan clara de las perturbaciones de la mente.

—Christiana es febril, atrabiliaria, sensual, incandescente. Si decidí estudiar el doctorado fue para estar cerca de ella: los meses en Cambridge han sido la felicidad y la desgracia. Ella impide que me concentre en las clases, me masturbo a diario con la imagen de sus nalgas. Se sulfura por cualquier cosa, después se apacigua en un segundo o se derrumba por semanas y se niega a ver a nadie; a veces la imagino como una adolescente solitaria y melancólica. No me siento culpable por desearla, si me refreno es para evitar una catástrofe. No sé qué hacer con mi esposa, no quiero lastimarla.

Jung lo escuchó sin inmutarse, el torso de piedra, la pipa en los labios, los ojillos como moras.

—Herr Murray, usted me ha revelado muchas cosas sobre frau Morgan, pero no me ha dicho qué busca usted en ella.

La misma pregunta que hoy formula Christiana en el cementerio de Rapallo.

—¿Qué buscas en mí, Harry?

Harry se vuelve hacia ella y la besa en los labios: un beso imprudente casi por la fuerza. Ella se deja llevar, saborea su aliento mientras él coloca las manos en su talle.

—Esto es lo que quiero.

Ella se sonroja y se decepciona por partes iguales: ha sido un beso inolvidable, pero un beso no es una respuesta.

—Yo también, pero antes quiero saber qué significa.

Los dos se escudan del sol bajo los cipreses, se detienen frente a una tumba —el nombre del occiso carcomido por los años, una inscripción en latín que no descifran—, refrescados por el vientecillo de la tarde.

—No podemos ocultarlo —exclama Harry—, es más poderoso que nosotros. Quiero seguir unido a ti toda la vida.

Eso dice Harry: «toda la vida».

A Jung le dijo, por supuesto, algo distinto.

—Quiero acostarme con ella, no lo dude, pero también quiero algo más, no sé qué, no puedo definirlo.

El analista se quitó las gafas y las pulió con su pañuelo.

—Ésa es justo la cuestión, herr Murray. Esa fuerza incógnita define su relación con la mujer del tren, con la prostituta sifilítica y con frau Morgan. Las tres comparten, ¿cómo decirlo?, un estilo. Las tres forman una sola imagen en su mente. Las tres son el reflejo de su *anima*.

Harry comprendía o creía comprender las palabras del maestro: Christiana era un reflejo, acaso el más exacto, de la mujer que habitaba su inconsciente, el molde formado en su espíritu desde la infancia.

—Pero lo más preocupante —lo distrajo Jung— es que probablemente usted sea el *animus* de ella, y en tal caso la combinación puede resultar muy peligrosa para ambos.

A partir de allí, el analista volvió a enredarse en su monólogo y le confesó a Harry que al principio las relaciones entre Emma y Toni no eran tan cordiales: en dos ocasiones, Emma lo amenazó con el divorcio.

Toni había trastocado su vida como nadie —con excepción de Sabina, desde luego— y él ya no podía abandonarla. Había sido su paciente, luego su alumna, Emma incluso la apreciaba, hasta que un día Jung descubrió que se sentía atraído hacia ella de manera intelectual y también física. Si Emma era la mujer serena, la madre inquebrantable, Toni era un revulsivo. Jung no podía vivir sin su esposa, su ancla y su cimiento, pero solo Toni le permitió resucitar tras la ruptura con Freud y lo ayudó a fraguar sus nuevas teorías sobre el inconsciente y la libido.

Jung se vio obligado a dividirse, a viajar con una o con la otra, a moderar sus disputas, hasta que la tensión lo llevó a considerar seriamente el suicidio.

—El proceso fue muy doloroso —le advirtió a Harry—, aunque todo mejoró cuando le dije a Emma que Toni también era mi esposa y prometí cumplir con mis obligaciones hacia ambas. Las dos pactaron ciertas reglas: no la igualdad ni la paridad absoluta, sí la claridad y el respeto que yo debía mostrarle a cada una.

En Rapallo, Christiana frunce el ceño, los ojos inyectados en sangre.

—Es cierto, Harry —le dice—, algo nos supera, yo tampoco puedo resistirlo, eso es lo que me preocupa, no podemos controlarlo, se sale ya de nuestras manos y yo no sé si podré soportarlo.

Él se arredra, no quiere escuchar esas palabras, desea a Christiana más que a nada en el mundo, la quiere para sí, pero intuye también —una punzada en el estómago— que no abandonará a su esposa.

—Sé que tú quieres a Jo tanto como yo a Will; no debemos herirlos, Chris, sería injusto —replica—. Debemos decirles lo que pasa.

Más astuto, más viejo —más desfachatado—, Jung expresó lo mismo desde otra perspectiva.

—Por lo que usted me cuenta, herr Murray, Christiana también es una *femme inspiratrice*, una mujer que no ha nacido para procrear hijos sino para fecundar a los hombres que sepan apreciarla. Siempre que se mantenga cerca de esta mujer, hará usted grandes progresos, pero debe tener claro que las mujeres como Christiana nunca serán buenas esposas. Su energía anímica, brutal e incontrolada, no las prepara para la vida doméstica o la educación de los hijos, téngalo presente.

—¿Me recomienda entonces que la conserve al lado de mi esposa?

El cuerpo de Jung se cimbró brutalmente, sus pesadas manos en el aire.

—Me temo, herr Murray, que no seré yo quien le proporcione esa respuesta.

En Rapallo, Christiana no suelta la mano de Harry mientras observan una lápida tras otra.

—¿Regresamos? —sugiere él.

Ella asiente y los dos emprenden el camino de vuelta al pueblo.

—Se lo diré a Will esta noche —musita Christiana.

—Piénsalo bien, no tienes por qué precipitarte.

—¿Y entonces cuál es el momento adecuado para revelarle a tu esposo que deseas a otro hombre?

Los dos caminan en silencio, las manos todavía entrelazadas.

Cerca ya de la *piazza*, él hace un movimiento sutil, casi imperceptible, y termina por soltarla.

—¿Tú cuándo se lo dirás a Jo?

—Hablé con ella en San Remo.

Por fin una respuesta contundente, aunque falsa: en San Remo, Harry se limitó a confesarle a su esposa la atracción que sentía por Christiana, pero le juró que era puramente intelectual y que jamás, nunca, Jo, se volvería física.

Christiana baja la guardia.

Antes de entrar en el pueblo, vuelven a besarse.

Harry se aferra a ella porque sabe que muy pronto será suya. Christiana se aferra a él, en cambio, porque intuye que solo después de mil batallas, tal vez, solo tal vez, Harry será suyo.

Jung acertaba en una cosa: Christiana no estaba hecha para el matrimonio, para la maternidad o para cuidar a un niño pequeño.

Escribe en su diario: Cuando vi su cuerpo hinchado, su cabeza enrojecida, sus piececitos perfectos y monstruosos, su llanto destrozó mis tímpanos y mi cordura. En ese mismo momento odié ser mujer, odié ser madre: una maldición más terrible que la enfermedad o la demencia. Yo jamás deseé esa carga, esa criatura no me pertenecía, quién me obligaba a abrazarla o a quererla. Le grité a la enfermera que la apartara de mi lado, no toleraba su olor ni sus chillidos, no tenía la menor intención de amamantarla. «Es su hijo», me reprendió. Mi *hijo*: qué ultrajante palabra. «No me importa, lléveselo de aquí».

Después de eso, el doctor Waterman dictaminó que yo permaneciese en aislamiento, lejos del bebé y de William. Veintiún días en el ala privada del hospital general de Massachusetts, pagada para colmo por mi padre, tan sola como yo lo había exigido. Veintiún días de postración y de anestesia, convencida de que la maternidad era una antesala del suicidio.

Poco antes nos habíamos instalado en una casita en Memorial Drive, frente al río Charles: un paisaje boscoso que los dos nos forzamos a mirar idílico. No había pasado un año de nuestro matrimonio y Will se había transformado en un extraño. Intentó seguir con sus planes de antes de la guerra y se inscribió en Harvard para convertirse en abogado, pero pronto lo dejó sin dar explicaciones. Pasaba horas y horas en el maldito AD Club, abotagado por el alcohol y la desidia, aprovechando su conmovedora condición de veterano.

Cuando volví a casa al cabo de los veintiún días de reposo, Will se hallaba sumido en una inquietud intolerable: no regresaba antes de medianoche, ebrio o achispado, e insistía en hacerme el amor a toda costa. Yo recibía su cuerpo, su peste a bourbon, sus gemidos sin que jamás me diese placer pero condenada, eso sí, a fingirlo.

Durante una temporada pensé que todo podría mejorar, solo necesitábamos tiempo. Pero el tiempo solo concentró mi rencor: entendía su sufrimiento, el horror de sobrevivir a sus amigos, no estaba dispuesta en cambio a dejarme arrastrar en su naufragio, su vacío mezclado con el vacío que de por sí sellaba mi carácter. Le exigí que nos marcháramos lejos de Harvard, que asumiese el fracaso de su carrera de Derecho, que buscara lo que quería del futuro si aún pensaba en un futuro compartido.

Abandonamos el rumor del Charles a cambio del frenesí de Nueva York. Will encontró trabajo como aprendiz financiero en el Guaranty Bank y luego en R. D. Skinner & Co., pero nada lo satisfacía.

Mientras tanto, yo me inscribí en la Liga de Estudiantes de Arte, en la Cincuenta y Siete Oeste, lo más cercano a una salvación, a un remedio.

«No, madame, así no», me corregía el profesor Frank DuMond. «No, madame, la perspectiva no funciona, los colores son horribles», me corregía el profesor Guy Pène du Bois. «No, madame, fíjese usted en la veta», me corregía el profesor Leo Lentelli.

Pese a su desdén por mi talento y la falsa sofisticación de maestros y alumnos, las clases eran lo mejor que me había ocurrido en muchos meses. Todas las mañanas caminaba hasta el edificio de la Liga y, una vez dentro, la oscuridad que había en mi interior brotaba hacia el papel: siluetas femeninas, rostros cabizbajos, ángeles sombríos, enormes lunas amarillas, bosques intrincados. Mucho le debían aquellas imágenes a mis desaforadas lecturas de esa época, a Proust, a Joyce y a D. H. Lawrence. Fue entonces, en una librería de Washington Square, donde encontré mi ejemplar de *Psicología del inconsciente*.

Las clases de pintura en la Liga no solo me confirieron una libertad mental inusitada, sino una sorpresiva libertad física. En Nueva York podía salir sola, me abandonaba en largos paseos nocturnos, asistía a decenas de conferencias o conciertos, y encontré así a mis primeros amantes.

No recuerdo por qué fui a su conferencia, quizá en el *Times* su perfil me pareció enigmático —los judíos siempre me atrajeron—, en cualquier caso de pronto me vi en la recepción que la ciudad le organizaba a un hombrecillo alto, un tanto enjuto, de modales bruscos y mirada sibilina, Chaim Weizmann, cabeza del movimiento sionista que tanta simpatía o desafecto causaba en los distintos estratos de la sociedad americana. Al término de su intervención, nos enzarzamos en un diálogo que saltaba de lo personal a lo político: le dije que me apasionaba su causa y él insistió en la justicia de su anhelo; luego le pregunté por sus viajes y él dejó caer que le encantaría echarle un vistazo a mis dibujos.

Tres días después, nos encontramos en mi casa mientras Will permanecía en su despacho de banquero. Chaim me hizo comprender la necesidad de un cuerpo de aprender de otros cuerpos. Su piel correosa y sus músculos apenas insinuados no prefiguraban al hombre que descubrí entre las sábanas. La piel de su pecho subía y bajaba con el ritmo de su respiración, los párpados cerrados en incesante movimiento, la nariz aguileña e inconfundible, las manos sobre el vientre, el sexo ya en reposo. Desnuda al lado de ese extranjero, descubrí un placer que nunca experimenté con mi marido.

Volvimos a vernos dos o tres veces por semana durante los cuatro meses que permaneció en América: jamás supe si Will llegó a descubrirlo.

¿Y si me decidía a acompañar a Chaim a Londres ese otoño? Lo pensé cada madrugada luego de recibir a mi marido casi por la fuerza. La sensatez nos salvó del escándalo. «Soy un viejo nómada, tu lugar no está a mi lado», me dijo Chaim antes de marcharse, «quizá más adelante nuestros caminos se reencuentren». Agradecí su sinceridad y odié sin razón a su esposa, la mujer callada y triste que lo seguía a todas partes.

Después de Chaim vino Cecil Murray: él prefería que lo llamasen Mike. No sé cómo lo conocí, o tal vez lo conocía desde siempre. Guapo héroe de guerra, piloto de avión en Francia con las más altas condecoraciones, un hombretón fornido y vanidoso con cierta lasitud en la mirada y un empeño descomunal en mostrarse triunfante ante los otros. Acostarme con él fue divertido, solo eso: un acuerdo entre adultos que buscan escapar a la tirantez de sus matrimonios, o al menos así lo tomé yo y él me siguió la corriente.

Entonces ninguno hubiese podido adivinar que se convertiría en una mera escala hacia su hermano.

En una fotografía de esa época, Christiana se muestra incómoda frente a la cámara: a nadie deslumbraría su belleza, no pertenece a esa clase de mujeres llamativas, algo en sus ojos denuncia cierto malestar —los rescoldos de la depresión y la amargura—, aunque al estudiar sus rasgos es posible advertir una vehemencia contenida. Sus facciones no son delicadas, su cabeza posee un volumen cuadrangular, un tanto masculino, pómulos altos y rotundos, herencia de sus antepasados indios; el mentón firme, los labios resueltos, la cabeza cubierta con el pelo enmarañado, rizos que suben y bajan a su antojo, metáforas de su vitalidad, y de su desenfreno. El conjunto se torna en cambio suave, delicado: una fragilidad íntima en el porte, un destello de melancolía o inteligencia, la clara sensación de que ella reconoce sus defectos y prefiere no ocultarlos.

Concluidas las vacaciones italianas, los Murray y los Morgan viajan en tren hasta París; luego, en Calais, toman el ferry que los conduce de vuelta a Inglaterra.

El océano es una plancha grisácea desde la perspectiva de Christiana: el continente se pierde a lo lejos y con él los últimos resabios del clima perfumado de Italia, los vinos, la pasta, el ajo, el aceite de oliva, y también los celos, la fiebre y el deseo, sumados a la voluntad de mantener su amistad a toda costa.

La brisa refresca su rostro mientras ella descansa su cuerpo en el pretil y el viento revuelve aún más su melena.

Harry y Christiana no han vuelto a quedarse a solas desde Rapallo, lo cual debería significar que su relación ha perdido fuelle o que su atracción física ha disminuido: los dos saben que no es cierto.

Aunque Jo simule estar alegre, Will se muestre afable, Harry exhiba un férreo control sobre sí mismo y ella aplaque sus nervios con altas dosis de calmantes, Christiana reconoce aquí y allá el secreto que articula con Harry al margen de los otros, el leve contacto de sus piernas a la hora del almuerzo, ciertos tics y ciertos guiños, unos segundos de más cuando se miran, la preferencia de ambos por el blanco, el tono febril de sus conversaciones así traten los temas más irrelevantes. Y, por encima de todo, el culto que los dos le profesan a Melville, según Harry el más grande escritor americano: un hombre que se adelantó a su tiempo y que, sin obviamente conocer el psicoanálisis, exploró como nadie los mecanismos de la mente.

Harry podía hablar de él durante horas, narrando una y otra vez la misma anécdota, su primera lectura de *Moby Dick* en el buque que lo llevó por primera vez a Europa, su charla con el capitán sobre la pericia náutica del novelista, la enfermedad que de pronto se abatió sobre el marino y cómo Harry logró salvarlo *in extremis*.

A partir de ese incidente —iluminación, la llama él—, Harry se apresuró a leer todos sus relatos y novelas, *Billy Budd, Taipi, Omú, Chaqueta blanca, Redburn, Bartleby, Mardi*, incluso sus cuentos menos conocidos y los poemas.

—No descarto la posibilidad de escribir algo sobre él, un esbozo crítico o quizá una biografía —le ha dicho a Christiana.

Ella se adentró con reticencias en *Moby Dick*, un denso tratado sobre el mar y las ballenas; poco a poco se dejó subyugar por la violencia inscrita en el corazón de sus personajes, por más que la fatigasen las minuciosas descripciones de nudos, arpones, sextantes, cetáceos, aceites, redes, velas, rutas marítimas, cartas geográficas.

—Leer este libro es emprender un lento viaje —le dijo Harry—, como si te embarcases en el *Pequod* y te confrontases con el monstruo.

No es sin embargo *Moby Dick* la obra que discuten en el barco que los conduce de vuelta a Inglaterra, sino *Pierre o las ambigüedades*, una novela menos conocida —desestimada por los críticos —, que Harry descubrió como un arqueólogo se topa con las ruinas de una civilización hoy olvidada. Toda su vida continuará amando a Ahab y a la ballena, pero para él, y también para Christiana, *Pierre o las ambigüedades* no es el recuento de vidas ajenas, sino un espejo.

El joven Pierre Glendinning se ha comprometido con Lucy, la esposa ideal a ojos de su madre, aunque este siempre ha soñado con tener una hermana. Poco después de iniciada la novela, resulta que en efecto posee una media hermana que le escribe de repente. Pierre queda fascinado por Isabel, una mujer retraída y misteriosa —tan parecida a Alice, a lady Winifred y a Christiana—, y no le importa arriesgarlo todo, incluso su honor o su matrimonio, con tal de permanecer cerca de ella.

Según Harry, Isabel personifica el *anima* junguiana: la mujer que cada hombre posee como ideal, la mujer que cada hombre busca en todas las mujeres.

El viento de la tarde transforma el vestido de Christiana en una medusa y el cielo adquiere una tonalidad parda cuando una mano se posa encima de su hombro. Harry ha esquivado la vigilancia de Will y Jo, hoy no hay tiempo, pues, para charlas literarias, menos aún para besos o escarceos: los dos deben dirigirse hacia el comedor sin dilaciones, a riesgo de desatar nuevas sospechas, pero él se niega a desperdiciar el momento.

Inclina la cabeza y musita al oído de Christiana una frase que no le pertenece, una frase que Pierre Glendinning deslizó al oído de su hermana: «Tú me fertilizas».

De vuelta en Cambridge, a Christiana todo le parece vulgar o intrascendente: la rigidez de sus vecinos, la liviandad de los *dons*, el gracejo de los estudiantes, la majestad del gótico, la simulación en la que se han reacomodado las tres parejas.

Harry y Josephine otra vez forman una dupla perfecta, solo atribulada por la desconfianza que ella siente cuando él sale de paseo; Mike y Verónica se enzarzan de nuevo en su espiral de disputas y reconciliaciones; y Will y Christiana perseveran en la sumisión, el sadismo y la eyaculación precoz que los atormentan desde Boston.

Para colmo, Mike le ha advertido a Christiana que intentará reconquistarla, repentinamente celoso de su hermano. Ella rechaza sus avances, pero él no se detiene. Verónica no los ha sorprendido de milagro, aunque se ha vuelto más arisca, más hiriente con Christiana.

Josephine observa la tensión entre las dos mujeres, pero casi favorece a Mike para conjurar la amenaza que Christiana representa para ella.

Harry, en fin, mantiene su carácter de paterfamilias: instruye a diestra y siniestra, ordena y clasifica, tiene la opinión justa para cada circunstancia aunque todo el tiempo se queje de mareos y dolores de cabeza.

¿Y Christiana?

Christiana resiste: resiste las insinuaciones de Mike, el desprecio de Verónica, la cordialidad de Josephine, resiste su propio deseo y el deseo de Harry, y resiste sobre todo los vaivenes anímicos de Will, sus personalidades antitéticas: en público taciturno, casi resignado; en privado, dividido entre rachas de pasión —declaraciones, flores, chantajes y cartas desgarradas de por medio— y períodos en que la detesta y se obstina en dormir en el suelo para incordiarla.

Al cabo de unas semanas de penosa convivencia, Will y Christiana deciden separarse por un tiempo, o ella lo decide y él lo acata.

Christiana se acomoda entonces como huésped de los Murray. La suntuosa Leckhampton House no se parece a Lowden Cottage, aunque en realidad tampoco sea un palacete, como afirma Christiana.

Ella escribe en su diario: ¿Adónde ir, adónde? No hay sitio para mí en ninguna parte. H. casi no está en casa y, cuando está, se me aproxima sin cuidado, me toca o me besa por la fuerza o finge que no estoy allí, casi a su lado. Pasa la noche ausente, concentrado en sus libros y sus exámenes; entretanto

Jo y yo estamos obligadas a hacernos compañía, condenadas a descifrar nuestras intenciones, nuestros medios tonos, condenadas a adivinar el día en que habremos por fin de traicionarnos.

Difícil trazar el ir y venir de Christiana por la casa, sus horas de encierro, sus encuentros con Jo o Harry en los pasillos o al pie de la escalera, los sobresaltos y las citas fallidas, las frases entrecortadas. Difícil imaginar a Christiana charlando con su amiga mientras piensa en el cuerpo de Harry, hacerse una imagen de las dos mujeres bordando junto al fuego.

Por la mañana toman café y tostadas con mantequilla o los huevos fritos que adoran los ingleses, escudriñan sus rostros desmañados y procuran averiguar qué ideas, qué sueños, qué pensamientos asediaron a la una o a la otra por la noche. Se topan de nuevo al mediodía, pasean por los parques, las tiendas de ropa, las librerías o los puentes sobre el Cam; almuerzan un sándwich o una sopa, la tarde transcurre con los niños y sus nanas, comparten el té en compañía de Verónica u otros visitantes, se reúnen para una cena ligera o las veladas académicas que tanto alienta Henry —a ellas les resultan insufribles—, excusas para tenderse leves trampas o someterse a pruebas ínfimas aunque no menos humillantes.

Christiana quiere demostrar lealtad hacia su amiga y al mismo tiempo no piensa en renunciar a Harry. Jo está decidida a comportarse como una buena anfitriona y protege o consuela a su invitada —en teoría es Christiana la que sufre—, solo para después hurgar en sus cajones en busca de esos indicios que persiguen siempre las esposas, esas huellas que no se quieren encontrar y al final siempre se encuentran.

Insensible a la batalla, Harry se empeña en planear las vacaciones de verano.

—Dejémonos de tonterías y atrevámonos a seguir juntos.

Su cuñada dice que no le ve sentido, Jo opina que quizá sea hora de que cada pareja siga por su lado, Will y Christiana no intervienen. Solo Mike secunda a su hermano.

—Les garantizo que nuestra amistad saldrá fortalecida —insiste Harry.

Jo encaja el golpe con dignidad, aunque en secreto piense disuadirlo o sustraerse en el último momento a la maldita excursión europea.

Harry no ha terminado de esbozar su propuesta cuando Verónica da un respingo —su melena pelirroja desplegada por el aire, sus espléndidas nalgas en la nariz de su marido— y abandona el salón dando un portazo. Mike se precipita tras ella, pero Harry lo retiene con un whisky y es Jo, en su calidad de madre universal, quien corre tras ella para tratar de apaciguarla.

Las semanas en Cambridge se agotan en este precario equilibrio entre la amistad y la perfidia. Al cabo de un mes, Christiana abandona Leckhampton House para volver con su marido.

No se siente feliz, apenas aliviada. Su esposo no es tan malo, el amor que le profesa al menos es real e imperecedero, no volátil e impredecible como el de Harry. Como sea, al final han acordado emprender juntos las vacaciones de verano.

En su habitación, Christiana escribe en su diario.

Unos adoran los párpados cerrados y otros diseñan telescopios —introvertido o extrovertido—, para unos los rumores son plagas infecciosas y otros pontifican durante horas sin llegar a decir nada —introvertido o extrovertido—, unos paladean el silencio o la música de cámara y a otros les aterra la ausencia de sonidos —introvertido o extrovertido—, unos se lanzan en un vals imperceptible y otros se multiplican en todos los lugares —introvertido o extrovertido—, unos escarban en sí mismos cual termitas y a otros perforar túneles les resulta indiferente —introvertido o extrovertido—, unos estudian cada movimiento realizado antes de acostarse y otros adivinan el malestar de sus vecinos —reflexivos o intuitivos—, a unos les estremece una postal nevada y otros paladean el sabor del rojo o el amarillo —emocionales o sensitivos—, unos temen salir de casa para reflexionar sobre los números primos y otros se apropian del micrófono y lloran en las películas románticas —introvertido reflexivo o extrovertido emocional—, unos rechazan las invitaciones a los bailes porque advierten la malicia de sus anfitriones y otros se desgañitan en la ducha con canciones de Broadway y distinguen el aroma particular de cada rosa —introvertido intuitivo o extrovertido sensitivo—, las combinaciones se tornan inauditas cuando aumentan las variables: introvertido sensitivo intuitivo, extrovertido reflexivo emocional, introvertido emocional intuitivo y extrovertido sensitivo reflexivo. ¿A qué categoría pertenezco? ¿A cuál pertenece H.? ¿Y eso de qué forma nos sentencia, nos hiere, nos sofoca, nos predestina?

De pronto, Christiana escucha pasos en la distancia y cierra su cuaderno.

El pequeño Councie irrumpe en la habitación con el rostro manchado por el llanto. «Se ha caído», explica la nodriza.

Christiana se aproxima al pequeño —un intruso, una alimaña—, le acaricia la cerviz y le sonríe con torpeza.

—Ya estás bien, no te ha pasado nada —le dice—, y ahora ve a bañarte.

La anciana toma al niño de la mano.

En otra parte de su diario, Christiana describe otro episodio central de su vida: su encuentro con Lucia Howard a los dieciocho años.

Recuerdo una tarde en el parque —escribe—. Mientras comíamos un helado, ella me contó el argumento de *El arco iris*, de D. H. Lawrence, un libro que había sido juzgado por obscenidad en Inglaterra y del cual poseía una copia en secreto.

«¿Quieres verlo?», me preguntó. Y, sin esperar una respuesta, me tomó de la mano entrelazando sus dedos con los míos.

Me excitaba la posibilidad de descubrir por mí misma a Ursula Brangwen. Caminamos hacia su casa, un apartamento luminoso en un tercer piso, todo cubierto de tapetes orientales, retratos victorianos y estantes atiborrados de poemas, ensayos y novelas, insólito tesoro femenino. Lucia era el reverso de las amigas de mi madre, que no se interesaban más que en chismorreos y vestidos. En cambio, ella había sido confidente de Lytton Strachey y rival de Virginia Woolf, o eso presumía.

Me ofreció un oporto antes de extraer el ejemplar de su biblioteca; a continuación se sentó a mi lado, muy pegada a mi cuerpo, y me leyó algunos pasajes de Lawrence, acaso los más escandalosos, la mano siempre en mi regazo. Me inquietaban su belleza y el punzante aroma de su piel. Poco a poco, el libro se tornaba más incandescente, y Lucia no perdía oportunidad de acomodarme un rizo, de darme una palmada cariñosa, de acariciarme la mejilla.

Yo no hubiese querido estar en ninguna otra parte: quería que Lucia me leyese *El arco iris* y también quería su respiración sobre mi nuca. Pero al final tuve miedo y me escapé al tocador por agua fría. «Se ha hecho tarde», dije. Lucia se irguió como una diosa, me besó en la comisura de los labios y me acompañó hasta el portal del edificio. «¿Nos vemos mañana?», susurré cobardemente. «Mañana», repitió Lucia.

Esa noche no dormí, mi mente saltaba de *El arco iris* al cuerpo de mi protectora. Al día siguiente volví a pasear con ella, compartimos un té, me habló de Freud y los deseos incumplidos —otra de sus lecturas favoritas— y me preguntó si me gustaría volver a su casa.

Así transcurrió el verano.

Lucia me embelesaba con su conversación, sus disquisiciones sobre la libertad, sobre Whitman y Tolstói, la vida sexual de las mujeres y la iniquidad que nos imponen los varones. Su compañía se convirtió en mi auténtica educación sentimental. Hasta que un buen día mi madre me prohibió verla, sin darme más explicaciones.

Poco después, partió hacia Inglaterra.

«Busca la más alta verdad en tu propia alma y luego date la oportunidad de no ser gobernada por las costumbres, los convencionalismos y las arbitrarias leyes de los hombres», me dijo la última vez que la vi.

Sentado en el tren al lado de Christiana, William se concentra en un libro sobre las creencias de los navajos y de vez en cuando glosa en voz alta sus misterios. Ella recarga la frente contra la ventanilla, observa el rastro de las nubes, la sucesión de verdes, amarillos y ocres bajo el sol de principios del verano. Atrás han quedado los meses de nieve y de chubascos, los problemas escolares de Councie, la tensión entre los amigos, la ansiedad y los celos hacia Harry.

¿Cómo sobrevivimos a tantas fuerzas encontradas? —se pregunta Christiana en su diario—. ¿Cómo fuimos capaces de mantener la civilidad y las maneras, y perseveramos con la idea de ese viaje, como si Harry no hubiese dejado clara su intención de poseerme, como si no les hubiese demostrado a todos, a Will, a Mike, a Jo y a Verónica, su decisión de acostarse conmigo a cualquier costo?

La voz de Will interrumpe las meditaciones de Christiana: desde hace unos minutos intenta compartirle su entusiasmo antropológico mientras el tren prosigue su necio bamboleo.

—Lo siento, estaba distraída —se disculpa ella, ofuscada al recordar que Harry solo los alcanzará al cabo de una semana en Carcasona.

Al final, Jo se salió con la suya: con el pretexto de cerrar la casa de Leckhampton y vender el automóvil, se obstinó en quedarse en Inglaterra; después recogería a los niños en Houlgate y se reuniría con los demás en Francia, cerca ya de la fecha en que Harry y ella tuviesen que embarcar de vuelta a América.

Su ánimo oscila entre la alegría ante los días que estará cerca de Harry y la desazón ante la idea de pasar un año lejos de su cuerpo. Su único consuelo es la perspectiva de visitar a Jung al final del verano.

Mike se acerca a Christiana y le exige que lo acompañe al vagón comedor; ella se niega frontalmente, aun temiendo despertar a Verónica.

El pitido del tren la sobresalta.

Los cuatro descienden al andén, instruyen a los carretilleros, abandonan la estación y reciben en sus rostros el aliento salobre de la Mancha. Christiana contempla el cielo argentino, el brazo de mar que se extiende frente a ellos, pero no consigue imaginar la vida que les aguarda al otro lado.

En el trayecto desde Calais rumbo al sur de Francia, ella se muestra más errática y atrabiliaria que nunca, indiferente a las quejas de sus amigos.

En París se resiste a ir a los museos o a las tiendas y pasea el día entero por las orillas del Sena.

En Ruán se emborracha y corre desnuda a medianoche en el atrio de una iglesia.

En Reims se pierde durante horas y a su regreso se niega a decir qué ha hecho.

Cerca de Toulouse, Christiana abandona a sus amigos y se aventura en un riachuelo. Su cuerpo se sumerge poco a poco en el agua mientras su vestido se extiende a su alrededor como un nenúfar.

Dos días después, llegan por fin a Carcasona.

Christiana escribe en su diario.

Tras dos semanas de agonía, de soportar la compasión de los demás, sus pullas y sus burlas, arribamos a la ciudad más hermosa del planeta. En cuanto cruzamos el Vieux Pont, me embargó una libertad inexpresable. Mientras nos internábamos por las callejuelas hacia nuestra pensión —Will se empeñaba en descifrar una vieja guía inglesa—, supe lo que ocurriría a partir de entonces y me puse a reír como una loca. No podía detenerme, mis carcajadas debían de escucharse en varias millas. No sé si fue culpa del calor, de la agreste belleza de la piedra o de la luz que inundaba la ciudadela cátara, pero me descubrí resuelta a dejarlo todo por Harry.

Ya nada frenará mi deseo. No me dejaré arredrar por el temor o la prudencia. Lo amaré hasta el límite a pesar de Jo, a pesar de Mike, a pesar de Will. A pesar de mí misma.

Tras dejar a Josephine en París —tres días en Lanvin escogiendo ropa para ella y para los niños—, Harry arriba a Carcasona a la mañana siguiente. Por una vez abandona su temple neoyorquino y abraza a Christiana, impaciente, ajeno al recelo de Will, de su hermano y su cuñada.

Los cinco acuerdan encontrarse para la cena y cada uno se marcha por su lado. Harry y Christiana se quedan por fin solos.

Recorren la ciudad en silencio —tanto que decirse y no se dicen nada—, se aprietan las manos, quisieran besarse y desnudarse, hacer el amor allí mismo. En vez de eso, se adentran en un cafecito bañado por el resplandor de media tarde.

—*Excusez-moi* —los interrumpe una mujer con gruesas mejillas sonrosadas, el cabello entrecano y la rústica amabilidad de los sureños—. *Vous vous montrez tellement joyeux! Est-ce que vous êtes marriés?*

Harry y Christiana sonríen y él responde con una frase extraída de *Pierre o las ambigüedades*.

—*Non, madame, elle est ma sœur.*

Al cabo de una hora, Christiana y Harry regresan a la pensión. A ninguno de los dos le agrada la idea de cenar con los otros, pero tampoco pueden mostrarse descorteses, o así él lo aconseja.

Christiana sube entonces a su habitación, el rostro resplandeciente, de niña. Toma una hoja de papel y le escribe una carta a Harry: «No fue necesario que dijéramos nada más en ese instante, ¿qué más podríamos desear? El velo al fin se ha levantado. Juntos nos hallamos en mitad del océano. Te encontré allí donde jamás esperé encontrar a un hombre».

Al terminarla, la desliza por debajo de su puerta.

Harry permanece en la recepción unos minutos y se topa con Verónica; siempre le ha gustado esta mujer irreprimible, llena de desplantes.

—¿Y Mike? —le pregunta.

—Prefirió quedarse en la habitación. Ya lo has visto, Harry, su humor no ha mejorado. El pobre sigue loco por Christiana. No tolera la idea de que ella ya no esté enamorada de él, sino de ti.

—Tonterías —exclama Harry.

—Ninguna tontería —corrige Verónica—. Will me lo confesó esta mañana.

Por la noche, los cinco agotan cinco botellas de Côtes-du-Rhône, la única manera de darse valor para seguir juntos.

—¿Qué va a ser de nosotros? —pregunta Christiana a *mezza voce*. El camarero llena las copas.

Mirando a Harry y a Christiana, Will responde con simpleza:

—Hagan lo que crean que es correcto.

¿Y qué diablos es lo correcto?, piensa Christiana.

—No lo soporto más —exclama Mike, alcoholizado. Todos se levantan y recorren la ciudad dando tumbos.

Al llegar al pie de la muralla, Mike se separa del grupo, escala hasta la cima y se coloca de puntas en la orilla. Christiana, William y Verónica le suplican que baje de inmediato, los primeros con preocupación, su esposa con coraje. Mike se bambolea y masculla incomprensibles maldiciones.

Un poco menos borracho, Harry también trepa a la muralla.

—Tranquilo —le dice—, no vayas a hacer una tontería.

Mike amenaza con lanzarse.

—¡Baja en este instante! —le grita Harry con el tono con que solía reprenderlo en las regatas.

El hermano menor duda, los ojos lagrimosos.

Harry lo coge del brazo hasta que Mike se derrumba en el rellano.

—¿Cómo se te ocurre semejante estupidez? —lo censura Harry mientras lo ayuda a incorporarse.

Luego musita a su oído, para que los demás no lo escuchen: «No pienso renunciar a ella, espero que lo sepas».

Christiana escribe en su diario.

Mujeres que hilan apaciblemente por las tardes y mujeres que deambulan por el malecón sin compañía, mujeres que de niñas recortan los vestidos de sus muñecas y mujeres que arañan ferozmente a sus hermanos, mujeres que sueñan con tulipanes coloridos y mujeres cuyo mayor anhelo es ser oídas, mujeres con los labios pintados de carmín y mujeres a quienes las distingue su melena encabritada, mujeres que consuelan a los heridos y mujeres que se abren camino a trompicones, mujeres que regañan o corrigen a sus vecinos y mujeres que no logran corregirse ni a sí mismas, mujeres que saben escuchar y mujeres que gritan a voz en cuello, mujeres comprensivas y mujeres desmañadas, mujeres que aguardan en vela con un libro y mujeres que persiguen a sus presas sin clemencia, mujeres hogareñas y mujeres peregrinas, mujeres amantes de la luz de las iglesias y mujeres fascinadas con los cementerios, mujeres que gozan mientras seleccionan las especias y mujeres que gozan cuando hacen sufrir o cuando sufren, mujeres privadas y mujeres públicas, mujeres sabias que contienen su deseo y mujeres inmaduras cuyo deseo nunca se sacia, mujeres que acogen en su regazo a los mendigos y mujeres que mendigan sin que nadie las acoja, mujeres que aman a los hombres más que a sí mismas y mujeres que aman a los hombres aunque nunca demasiado, mujeres nacidas para convertirse en abuelas veneradas y mujeres que envejecerán sin compañía: mujeres como ellas y mujeres como yo.

Los cinco recorren los Pirineos franceses como si jugaran al escondite, viajan en coche por la mañana, almuerzan en una tasca en cualquier parte, se reencuentran en cenas silenciosas, abotagados por el alcohol o la fatiga.

Una semana después, llegan a la noche de carnaval en Saint-Jean-Pied-de-Port. El pueblo entero se vuelca por las calles, alguien les cuenta que por la mañana un toro corneó a un turista americano, lástima que ellos no llegaran a tiempo para contemplar ese espectáculo que suponían propio del sur de la frontera.

Niños cantan, chillan, se abrazan. En las plazuelas abundan puestos de quesos y jamones, los jóvenes se besan con impudicia, el vino bronco de la zona descerraja las gargantas, bandas de música se suceden unas a otras con sus horrísonos toques de trompeta, clarines y trombones desafinan, proliferan las camisas blancas y los pañuelos rojos.

Los cinco esquivan a la multitud ante la inminencia del ocaso, luego cada uno se pierde por su cuenta.

Will se suma a un ruidoso grupo de ingleses —galeses, corrige uno—, decidido a pasar la noche entre cánticos y copas.

Christiana lo espía con alivio: una noche para ella sola, para leer o para escribir en su diario sin tener que tolerar sus reproches. Inadvertida, se escabulle rumbo a la pensión, un pequeño caserío de dos pisos con paredes de cal y una intrincada enredadera en la fachada.

Ya en su habitación, se descalza y se desabotona la parte alta del vestido. Se acomoda sobre la cama y abre su diario; la música le impide concentrarse.

No ha acabado de trazar siquiera una línea cuando escucha un rumor en la ventana. Al asomarse, descubre a Harry escalando la hiedra como un enamorado de película. Cuando él por fin se aferra al quicio, Christiana lo atrapa y lo ayuda a incorporarse. En un segundo los dos están sobre la cama.

Los dedos de Christiana se aferran a las sábanas mientras Harry le quita las medias y la falda. Poco a poco trepa hacia su pubis.

Ella tensa el cuello —los senos sudorosos—, él aprieta sus muslos y casi los maltrata.

El viejo colchón cruje.

Christiana abre las piernas, chilla como si clamara por ayuda, su voz ahogada en un espasmo.

«No más», susurra.

Él conserva el rostro en su sexo, su lengua acaricia aquella suave oquedad, sus pliegues infinitos.

Ella agita las piernas, impetuosa, buscando liberarse aunque no desee liberarse ya más nunca.

Él se aferra a su cintura tratando de domarla.

Ella toma la cabeza de Harry, revuelve sus cabellos, roza su nuca y sus orejas marcan el ritmo que él ha de aprenderse.

Él se impregna con la densidad de sus humores.

Ella aúlla, liberada de sí misma. Luego llora como no ha llorado desde niña; las lágrimas escurren por su mentón y por sus labios.

Harry se detiene y posa la cabeza en su cadera —no hace otra cosa—, se abraza a su vientre y a sus nalgas, y se queda así hasta que el llanto de Christiana se desvanece poco a poco.

Christiana escribe en su diario.

Desde el momento en que nos abrazamos, se desató una gran paz en mi interior. Me sentí tranquila, pero con mi personalidad intensificada. Toda mi vida parecía haber existido solo para llegar a ese instante. De pronto me di cuenta de que todo lo que había guardado en mí era correspondido por H. Nunca me había sentido tan en calma, nunca me había sentido tan mujer. Ahora sé que este Ahab que llevo dentro, capaz de destruir o de crear, podrá siempre crear y nunca destruir. Sé que puedo ponerme en sus manos, ser una mujer como nunca lo he sido.

Al día siguiente, en Biarritz, Christiana decide confesarse con su esposo.

Ella misma lo describe en su diario.

Una lluviecilla mojaba nuestros cabellos, las gotas empapaban nuestros rostros como lágrimas y sin embargo jamás pensamos en guarecernos bajo los portales o alejarnos de la playa. Las gaviotas planeaban bajo las nubes grisáceas, casi negras. Apenas una mancha de luz anaranjada en el oriente. No era remota la posibilidad de que escampara, si bien para entonces nosotros ya estaríamos lejos, en otra ciudad u otra comarca, en nuestra delirante huida hacia ninguna parte.

Will hablaba de la extrañeza de esa lengua que oíamos de pronto, la imposibilidad de comprender ni una palabra, las consonantes apiladas, la profusión de kas y zetas, la genealogía de los idiomas, el parentesco real o imaginario del vascuence con el finés y con el húngaro.

«Lo hicimos ayer por la noche», le dije abruptamente. Will pareció no escucharme, o lo fingió con entereza, y prosiguió su discurso sobre las raíces uraloaltaicas del eusquera o no sé qué minucias filológicas.

Me detuve en seco y repetí la misma frase: «Lo hicimos ayer por la noche». Lo dije con perversidad y con malicia, deseosa de verlo desangrarse. Él me miró casi con vergüenza: ni un atisbo de rabia en sus pupilas, como si yo, en efecto, le hablase en vascuence. Me hizo a un lado y prosiguió su camino. «¿Escuchaste lo que acabo de decirte?». Sin dejar de avanzar penosamente, cada vez más empapado, Will se alzó de hombros, el cabello húmedo en la frente: la imagen de la desolación y del hartazgo. «Te escuché —respondió al fin—, ¿y ahora qué quieres que haga?»

Me horrorizó su autocontrol o su desidia, casi me hacía sentir que mis actos estaban justificados. Imaginé que yo era la ultrajada y Will el responsable de que yo hubiese caído en brazos de Harry. «¿Y ahora?», le pregunté estúpidamente. «Ahora ustedes dos tienen que decidir lo que harán en el futuro».

Me sulfuré. «No entiendes nada, Will, yo no pienso dejarte, te amo aunque ahora también ame a Harry». Solo entonces distinguí una ráfaga de cólera en su voz: «No quiero hablar más del asunto, ¿me has oído? Haz lo que te venga en gana, pero yo no quiero saber nada de Harry».

Yo no me veía capaz de cumplir esa promesa: me hería su demanda, necesitaba castigarlo, machacarlo con la descripción precisa de los encuentros con mi amante, contemplar su dolor y su desgracia. ¿De qué manera podría sacudirlo, torturarlo para arrancarle una demostración de ira, una bofetada que me derrumbase al suelo, la muy puta?

No añadí nada, sin embargo: ni siquiera una disculpa.

Avanzamos bajo la lluvia, el horizonte cubierto por una gigantesca mancha púrpura.

Will se mantuvo impasible.

Solo al cabo de un rato me propuse volver al hotel, como si en vez de destruirnos hubiésemos concluido un tranquilo paseo por la playa.

Burdeos a. m.

Tours, p. m.

Blois, p. m., un cheslón. Chinon, p. m.

Chambord, a. m., cuarto de baño. Chartres, p. m. de pie junto al armario.

Estas mínimas anotaciones bastan para imaginar la avidez, la urgencia de Christiana no solo por descubrir el cuerpo de Harry o por entregarse a él ya sin reservas, sino por dejar constancia de los hechos. Ante la prohibición de William de referirle cualquier detalle, ella lleva la cuenta de sus citas, las apila como el pistolero que hace una muesca en su arma ante cada demostración de puntería.

Christiana vive ese trayecto como un día interminable, una sucesión de escenas eróticas apenas interrumpidas por la vida social o las noches con su esposo. Nada importa excepto la ansiedad de un nuevo encuentro, la emoción de no ser descubiertos, el miedo ante la separación que los aguarda.

Christiana y Harry quisieran prolongar su compañía al infinito, dedicar horas y horas a Melville, a Jung, al inconsciente, al *animus* y al *anima*, a la pasión que nace entre ellos y que, prometen, nunca habrá de agotarse.

El tiempo no les basta: los escapes furtivos los condenan a la inmediatez y a los instintos. Sus cuerpos se reconocen, chocan, batallan contra la fatiga y el apetito, no hay oportunidad para la lasitud, la ternura o el reposo.

Una semana después, Christiana confirma sus temores: el reencuentro con Josephine la desgarra. Harry y ella no son capaces de aplacar sus emociones, ante ella no frenan su deseo, su presencia no los apacigua.

Jo intenta conservar las formas, incluso se recluye en su habitación para dejar espacio libre a los amantes, pero para ellos ningún tiempo es suficiente: su consideración hacia los otros, la civilidad que antes los distinguía, son ahora letra muerta.

Antes modelo de conducta —artista del disimulo, lo llamé en otra parte—, Harry olvida la razón y la cordura, no le agobia el qué dirán o el sufrimiento que provoca. Se aproxima sin pudor al cuerpo de Christiana, roza sus piernas y acaricia su cabello en cualquier parte, la besa aunque ahora ella resulta más juiciosa y prefiere cerciorarse de que nadie los observa.

Jo solo cuenta con el tiempo como aliado.

En pocos días, ella y Harry abandonarán Europa mientras Will y Christiana se quedarán aquí todavía un largo año. Jo dispondrá de Harry en Boston a su antojo. Un año para convencerlo de la imposibilidad de mantener esa vida doble, para regresar a una existencia simple y ordenada, para hacerle entender que Christiana ha sido el ardor de unas semanas pero que su relación no puede convertirse en algo permanente.

Un año es mucho tiempo, piensa Jo, aunque no sabe si eso resulta una ventaja o lo contrario. ¿Y si en vez de olvidarse de ella su lejanía la torna más deseable? ¿No sería mejor que su marido conviviera un tiempo con Christiana y acabase por descubrir que no solo es una mujer perturbada y fascinante, sino una mujer como cualquier otra?

Josephine está obligada a ser paciente: las prohibiciones solo aumentan el valor de lo prohibido. Mejor padecer sin aspavientos, revelarse conciliadora, apoyarlo y consentirlo y, una vez en América, mostrarle que un médico empeñado en escalar los peldaños de la sociedad no puede exponerse a tal escándalo.

Christiana escribe en su diario.

El mar de Houlgate posee un tono oscuro, cercano al acero, casi al negro. La espuma serpentea entre mis dedos mientras un filo de luz rebana el horizonte.

Mi vestido de lino blanco permanece en el malecón junto con la ropa de H., que apenas disimula sus nervios. Su cuerpo tenso y firme me recuerda un bronce antiguo, uno de los modelos que Pène du Bois me hacía copiar en la Liga de Estudiantes de Arte —un simple cuerpo—, si bien la excitación ante sus nalgas y su sexo me resulta casi dolorosa.

Él me toma de la mano con más delicadeza de la que yo desearía; su mirada, en cambio, me aterroriza: no porque esconda una torcedura o una amenaza, sino porque lo revela ávidamente concentrado en el océano, como si yo apenas fuese un escorzo del paisaje, una oquedad o una caverna.

Avanzamos sin hablar, tiritando —él a causa del miedo, yo por la ventisca que de pronto me acuchilla—, imprimimos nuestras efímeras huellas en la playa y nos adentramos en la penumbra marina. Cuando el agua nos llega a la cintura, él me sonríe y me atrae hacia sí. Pero, en lugar de besarme en los labios, lo hace en la frente y en los párpados mientras el agua salpica la desnudez de nuestras espaldas.

No soporto su ternura: lo tomo por la nuca y lo beso con violencia.

Él no tarda en apartarse —yo soy el peligro, la amenaza— y desvía la mirada hacia el horizonte. Golpeada por las olas, intento asirme a sus músculos, clavar las uñas en su piel, aferrarme a la solidez de su pecho, ese asidero que impedirá que me hunda como un fardo.

Los dos permanecemos en silencio hasta que él dice, casi avergonzado, en un susurro: «Debemos regresar».

Yo lo miro con rencor; al cabo acato sus palabras, la maldita razón que siempre lo gobierna.

—Regresemos, pues —concedo con un beso.

Un beso que no me sabe a inicio ni a despedida, un beso que condensa mi rabia, un último beso antes de volver sobre mis pasos, antes de conjurar el espejismo de la noche, antes de recuperar mi vestido de lino blanco, antes de volver a la frivolidad del mundo, antes de regresar a la ciudad donde nos esperan Will y Josephine unidos en su desventura.

H. suelta mi mano y se dirige hacia el malecón. Es apenas un instante, pero un instante definitivo, porque me deja sola —sola como ahora, sola como siempre— en la espesura del mar.

Se acerca el final de la aventura, o al menos así lo presiente Christiana. ¿Qué esperanza tiene de que la fiebre vaya a prolongarse tras un interregno de tantos meses? Con ella solo quedarán las promesas: el resto es humo, la volátil espontaneidad de los afectos.

Entre Houlgate y Le Havre, los amantes casi no se hablan, casi ni se tocan, como si se preparasen para la separación, encerrados en sí mismos.

Christiana se consuela imaginando su visita a Zúrich el próximo verano, Harry con la posibilidad de hallar una posición permanente en Harvard y descubrir allí la vida que desea.

No es suficiente: los dos querrían torcer el destino, romper las convenciones, abandonar a sus esposos, y al mismo tiempo no se atreven, ni siquiera lo dicen en voz alta.

Le Havre es un puerto lúgubre y maloliente, o eso le parece a Christiana en cuanto pone pie en esa ciudad que la separará de Harry.

Trasatlánticos y cargueros se superponen a lo lejos: imponentes moles grises, fábricas trashumantes de humo y desconsuelo.

Los estibadores se mueven de un lado a otro del muelle en una coreografía sincopada; los viajeros de primera esquivan a los obreros y a los mendigos bajo sus paraguas y sombreros; los marinos los escrutan con envidia y con desprecio.

El agua posee una consistencia lechosa, el hedor del petróleo hace imposible suponer que existan criaturas capaces de sobrevivir en este vertedero. Aun así, unos cuantos pescadores prueban suerte con sus cañas.

Las olas se agitan en el horizonte, crines al viento en una enloquecida carrera de caballos.

Christiana se planta en el muelle, su mano apoyada en la de William. No tiembla, no se estremece: en su mente se dibujan las figuras de la mujer de Lot, una estatua de sal abandonada en el desierto, y de Eurídice, extraviada en el Hades por la curiosidad de su marido.

Sus ojos ni siquiera se fijan en la popa que se empequeñece lentamente, el mástil con las barras y las estrellas, las sombras cuyos contornos se difuminan bajo la oprobiosa luz de agosto. Su mente tampoco vaga de una memoria a otra, no hace un recuento de sus proezas sexuales, de sus paseos furtivos o de sus discusiones de madrugada, no cataloga los rasgos de Harry, el fulgor de sus ojos, la suavidad de su espalda, el vigor de sus brazos; mucho menos intenta desentrañar el futuro o predecir su reencuentro en unos meses.

Esta vez, Christiana no está dispuesta a dejarse derrotar por su flaqueza: no participará en una escena de desesperación o de celos, no romperá el delicado protocolo que la une a Will en este punto extremo de sus vidas.

Si agita el brazo en alto es solo porque a su alrededor familiares o amigos se suman en una banal tabla gimnástica.

Ella se quedará de este lado del Atlántico, permanecerá aquí aún varios meses y su energía se volcará en sobrevivir, en no hundirse en la depresión o en la locura, en combatir su melancolía y sus desmayos. Presiente ya la oscuridad que la acecha desde niña, pero no está dispuesta a sucumbir, pues sabe que no será Will quien la rescate.

Christiana se concentra en los asideros que le quedan, en Jung y sus teorías, en la voluntad de comprender y comprenderse, en el deseo de hurgar los mitos que pueblan su inconsciente, en las siluetas y los monstruos que la cuidan, en el significado de sus sueños y visiones.

En cubierta, Harry apenas distingue ya los últimos resplandores de Le Havre. No lo ciegan el sol o el reflejo de las olas, sino la densidad de sus lágrimas. Jamás creyó que el peso de la separación pudiese derrumbarlo, que la perspectiva de un año sin Christiana fuese a convertirlo en un inválido.

Harry odia su fragilidad, su falta de coraje, y urde ya un regreso para aliviar su desconsuelo. ¿Y si viajara a Europa en unos meses con el pretexto de una cita académica? El plan perfecto, se dice con una sonrisa en los labios, y se dibuja ya al lado de Christiana en París, Viena, Roma o Zúrich.

Le Havre se pierde en lontananza.

Harry trata de enfocar por última vez la silueta de Christiana, un punto de fuga en el horizonte.

Las lágrimas vuelven a inundarlo: solloza como un niño abandonado aunque sea él quien la abandona. Respira con dificultad y se aferra a la baranda.

—Tranquilo —musita Jo a su lado.

Harry se restriega los ojos y aprieta la mano de su esposa, escindido entre dos mundos, la obligación y su deseo, el presente y el pasado, el presente y un futuro inverosímil, las convenciones y la vida verdadera.

En cuanto el imponente trasatlántico se convierte en barco de juguete, Christiana da una brusca media vuelta. No tolera más ese océano marchito, espeso, agonizante.

II

SCHERZO: AGITATO

IMAGINACIÓN ACTIVA

Zúrich, junio-octubre, 1926

PRIMER CUADERNO

8 de junio
—Estoy en un barco de vela, rodeada de gente. El barco se detiene en una playa donde descansa un depósito de carbón, le pedimos a un hombre que nos dé un poco y yo digo: «Qué maravilla, debemos llevarlo con nosotros».

—¿Qué le sugiere este sueño?

Yo callo, aunque la escena me sugiere un océano primigenio: tiburones, moluscos, calamares gigantescos, ballenas como trasatlánticos.

Jung se acaricia el mentón.

Me gusta este hombre, y me amedrenta.

—Yo no puedo darle una respuesta —me dice—, usted es como alguien que entra en una tienda y no sabe qué comprar. El tendero no puede hacer otra cosa sino esperar a que usted se decida.

La boca seca. La lengua, un trapo en mi garganta.

No es miedo. Me encuentro así desde que W. y yo llegamos a Zúrich. Ayer, al registrarnos en el hotel Sonne, pensé que me quedaría muda. W. me hizo beber una infusión de

eucalipto y logré hablar un poco. Él está más asustado que yo
—sus ojillos de cordero—, quisiera irse lejos, muy lejos; en
cambio yo no dudo.

Tan natural y tan improbable: de pronto, aquí, frente a
Carl Gustav Jung.

—Usted es un tipo claro emocional, frau Morgan, y debe
luchar contra las barreras que le impiden reconocerlo. No se
hunda en su inconsciente.

Jung parece más joven de lo que es. ¿Cincuenta, cincuenta y uno? Su piel lozana, casi adolescente; sus manos rotun-
das, en cambio, de anciano. Me cuesta seguirlo. Sus palabras
se extravían como un golpe de viento.

—Quizá deberíamos dejarlo por hoy —me dice.

—Hay un segundo sueño, déjeme leérselo —replico—.
Estoy frente a la señora Jung, ella me dice que se hará cargo
de mi análisis. Yo trato de mostrarme amable. Entonces aparece usted y me abraza. Más allá, distingo a mi padre vestido
de negro; usted y la señora Jung charlan con él.

—Vayamos a la primera parte del sueño, cuando usted se encuentra con mi esposa. Quizá usted busca algo que una mujer puede darle y un hombre no. Si yo soy el padre, entonces frau Jung debe de ser la madre. Su padre necesitaba cariño, pero no lo encontró en su esposa, que se limitaba a idealizarlo, de modo que lo persigue en usted. Y usted no puede dárselo: sería antinatural.

Me siento confundida. Quizá proyecto la imagen de mi padre en Jung, pero a partir de allí parecería como si él hablara de sí mismo, no de mí. O de mí, en un sentido perturbador. Dice que, en mi sueño, mi padre persigue mi cariño y que yo no puedo dárselo porque sería antinatural —las hijas no deben brindar ese tipo de cariño a sus padres—, pero el propio Jung asegura que *él* es mi padre. ¿Será entonces Jung quien desea mi cariño?

Afuera, Bollingen luce como un spa para histéricas, neuróticos, maníacos, esquizofrénicos: el paraíso de los perturbados.

Me incomoda descubrirme como una más de las lánguidas valquirias de Jung, ese tropel de mujeres ricas de todos los países que, para apaciguar su hastío y adormecer sus depresiones, peregrinan hasta este santuario, se sumergen en los baños, desayunan chocolate, realizan largos paseos por los alrededores, compran joyas y vestidos en las boutiques de moda de Zúrich y juegan a las cartas antes o después de ser recibidas por el maestro o sus discípulos. Bonita moda aristocrática, como las carreras de caballos o la ópera.

¿Qué me diferencia? ¿Mi falta de dinero, mis precoces lecturas de Jung? Me reconozco tan esnob como ellas. ¡Tantos años huyendo de la burguesía de Boston para reencontrarla aquí en miniatura! Debería resignarme: no soy tan distinta. Espero que Jung me ayude a aliviar esta paradoja: odio la normalidad y la persigo, desprecio a las *Jungfrauen* y las envidio.

9 de junio
Insomnio.

Frente al espejo, ojeras purpúreas y pómulos marchitos.

W. insistió en hacerme el amor a toda costa y luego se quedó dormido; yo me refugié en mi experiencia dionisíaca con ◆, nuestra entrega en el sur de Francia.

La vigilia y el sueño entremezclados.

Por la mañana, la tos de W. me devolvió a la aspereza de lo real. Espero no lucir demasiado demacrada a ojos de Jung.

Él aparece tan pulcro, tan seguro de sí mismo: un hermoso dios pagano.

—Soy una reina y estoy frente a dos esclavas —le cuento—. Estoy harta de gobernar este imperio. A la distancia se oyen los compases de un himno. Una me dice: «Debes de ser judía, porque tus dos padres son judíos». Me sulfuro y pienso: que digan lo que quieran, no me rebajaré a responderles. Me abalanzo contra ella y le muerdo la mejilla. La mordida se transforma en un beso. Las demás dicen: «Las esclavas se han apoderado de ella». Yo lo acepto: sí, me conducen hacia la prostitución.

—Las esclavas son sus funciones inferiores —me explica Jung—. El himno significa que se hallan en rebeldía. Usted lucha contra ellas, contra su parte infantil; los padres judíos son su parte racional. Usted combate sus instintos, por eso siente que la lanzan hacia la prostitución.

Me pregunto cómo Jung analiza un sueño: unas esclavas se convierten en la expresión de los instintos, ¿y si representaran otra cosa? Su colonia es más intensa que ayer: tal vez lavanda o almizcle.

Él arruga la nariz, confiado en su explicación, y yo pienso en su colonia.

—Estoy al borde de un lago —continúo—. En la otra orilla distingo un bote, veo a un hombre con barba, idéntico a Sócrates, solo que con un gran sombrero y una pipa. Con una varita dibuja un pez en la arena.

—Sócrates es su pensamiento, frau Morgan. El sombrero lo protege del calor fertilizador; las pipas son su función pensante masculina; el humo se asocia con reprimir un sentimiento. Sócrates es, pues, usted y el pez, la emoción que trata de salir a la superficie.

Jung ve unas cosas, yo otras. Quizá entre los dos encontremos la verdad. Él fuma pipa y su cara, pese a la ausencia de barba, es la de un filósofo: ¿por qué no se vislumbra a sí mismo en mi sueño?

Le leo la última carta que me envió ♦, donde vuelve a mencionar nuestro encuentro dionisíaco en el sur de Francia.

—Esa tarde usted dejó entrar al dios, esa es la razón de la carta. Murray necesita prolongar esa sensación, es demasiado inestable e inseguro. Solo usted puede concederle ese poder.

—No estoy segura de que yo pueda domar la ola.

—No tenga dudas, frau Morgan: lo logrará.

¿Por qué esa tarde fue tan importante para mí? ¿Por qué no consigo olvidarla? Los instantes allí fueron eternos, se prolongan hasta hoy: sin duda el dios entró en nosotros. Pero después ♦ me dejó sola, completamente sola, en lo oscuro del mar.

10 de junio

—Estoy en un pequeño anfiteatro, al frente hay un escenario negro; en la calle, varios actores se preparan. No encuentro dónde sentarme, quisiera estar cerca de mi madre, pero no la tolero. Detrás de nosotras, un general en traje de gala ríe borracho y arruina la obra. Le silbamos y él nos muestra su dentadura. Corro hacia Jung y le digo que no olvide darle el libro a ♦.

—La obra es su análisis, los enmascarados su libido, la escena en la calle su conciencia —resume Jung.

Unas veces suena convincente, fino traductor de una lengua a otra: yo digo «anfiteatro» y él traduce «análisis»; digo «un general» y él traduce «su padre». Otras veces duda, y me paraliza. No pienso que el análisis sea una ciencia exacta, pero me angustia sentirme en manos del azar.

Un gélido restaurante en Zúrich.

W. me narra su sesión con Toni Wolff. Yo me analizo con Jung y mi marido con la amante de Jung; yo soy la amante de ♦, y ♦ está indefectiblemente casado con Jo. Una casa de espejos.

Tras pedir la comida, W. me dice que le gusta trabajar con fräulein Wolff, lo reconfortan su severidad y sus silencios. Aunque al parecer es menos incisiva que Jung, comprende exactamente qué le ocurre.

No oculto mis celos.

W. me cuenta todo esto para hacerme rabiar, y lo consigue. No creo que su análisis con Toni sea tan complaciente. Para incomodarlo, le digo que en contraste Jung es un tirano.

Nos salvan el vino, la fondue, los morosos balbuceos de los suizos.

Intercambiamos nimiedades, nos burlamos de las *Jungfrauen* y los millonarios achacosos, coincidimos en que la única persona interesante que hemos conocido es Jonah, un ser malicioso pero con un talento excepcional y un gran sentido del humor. W. me acaricia la mano con dulzura; yo me retraigo y rompo nuestro precario entendimiento.

11 de junio

Jung me explica cómo funcionan el *animus* y el *anima*, la manera como se forma una y otro, su carácter de cuenco más que de idea, el hueco que cada uno intenta llenar frenéticamente con los otros, la forma como *animus* y *anima* crean sus opuestos.

No sé si he comprendido.

12 de junio

—Usted se prepara para el regreso del dios, frau Morgan. Quiere que entre de nuevo en usted como en Carcasona y en Saint-Jean-Pied-de-Port. Piensa que lo divino se encuentra en todas partes, en el vino, el pan, los árboles, *aquí mismo*. Se abre para que el dios llegue a usted. ¿Es la unión de los opuestos? No lo sabemos.

No me siento de humor para transcribir el resto de su análisis. Estoy segura de que a Jung le incomoda ♦: lo llama siempre por su apellido. ¿En verdad creerá que podrá ser grande gracias a mí?

Como de costumbre, W. duerme —la depresión nunca le ha arrebatado el sueño—, oigo sus ronquidos y me pregunto qué será ahora mismo de ♦ al otro lado del Atlántico, cercado por Jo y por su familia. Allá debe de ser la hora de la cena: lo imagino sentado a la mesa, un lacayo sirve un enorme pavo asado, sus hijos sonríen, Jo aliña la ensalada.

¿Pensará en mí?

Al final, cedo y le escribo largamente.

13 de junio
Le leo a Jung la carta que le escribí a ♦.

—Nos hallamos en un tiempo crítico —me reconviene—. Yo no puedo entrar en usted y decirle qué es lo importante, si lo hago la devuelvo a la infancia y una transferencia en este momento del análisis tal vez no sea positiva. Le sugiero que mejor le escriba a Murray una carta sobre el lado práctico de la situación; no puede seguir de manera lírica. No detecto en usted un contacto sólido con la realidad; si no hubiera toda esa pasión, usted estaría abonando el terreno para una ruptura.

—Pero yo no quiero terminar con él.

—Usted tiene miedo, frau Morgan, e intenta protegerse.

Discutimos sobre mi carácter. Sobre mi temperamento *lírico*. Me molesta esa palabra.

¿Quiere decir que soy demasiado impulsiva? W. siempre dice lo mismo. Quizá tengan razón: cuando dibujo, apenas trazo bosquejos, odio los planos y los mapas, quisiera que cada línea surgiera repentinamente del papel.

—¿Usted cree que al lado de Murray vive una gran pasión? —me pregunta Jung.

De nuevo ese tono: *una gran pasión*.

—Con él estoy más viva que nunca. Tan viva que me descubro grande y poderosa, aunque también me deja exhausta. Si bien ♦ me entrega su espíritu y su mente, no me da calor ni estabilidad terrenal. Para él soy una diosa, besa mis pies y yo fertilizo su mente, conmigo es más creativo que nunca, pero presiento su miedo y le digo que debe amar mi cuerpo tanto como mi alma. Esa noche en la playa, él vino hacia mí y yo acaricié su cuerpo desnudo. Si él entiende que debe amarme de forma terrenal, tal vez pueda surgir algo grande entre nosotros. Si no, se despeñará en una racha de destrucción que podría aniquilarnos.

—Murray no ha comprendido que la sexualidad es otra forma de espiritualidad —concluye Jung.

Al acabar la sesión, doy otro largo paseo por los bosques de Küsnacht. El brillo estival de las hojas me tranquiliza.

Avanzo por los senderos como si temiera despertar una fuerza primordial, de puntillas sobre la hierba. La enramada devela su forma caprichosa e intempestiva; atisbo a la distancia unos ojillos, una pequeña criatura que me hace compañía. Podría quedarme así hasta el anochecer.

14 de junio
Extraño personaje, Jonah: chispeante y primitivo. Él fue el primero en mostrarme sus pinturas y los bosquejos de las escenografías que realizó para Eugene O'Neill; yo le enseñé mis cuadernos. Se ha abierto entre nosotros una consonancia insólita: los dos buceamos en el inconsciente.

—Al principio yo era como tú —me dice—, no sabía de dónde provenían esas formas delirantes que aparecían sobre el papel, pero gracias al Viejo —así le llama a Jung, y yo comienzo a imitarlo— he desarrollado la capacidad de llegar al inconsciente cuando estoy despierto. Tendrías que intentarlo, Chris.

Le hablo a Jung de mi relación con W. y ♦.

—Todo lo que pasó durante el invierno, mi frustración, mi miedo y mis depresiones, fue por culpa de estos dos hombres.

—Usted muere cuando se aleja del amor, pero se siente más viva cuando lo hace consciente. Por eso debe decírselo todo a su marido.

—Lo hice y no funcionó.

—Yo lo veo así: las personas somos como árboles, de pronto damos frutos y tenemos que compartirlos. Algunos piensan: yo no los compartiré, prefiero que se quiebre la rama con su peso. Otros crecen en un solo tronco, como el bambú. Pero usted es un manzano. Aunque no le guste, debería aceptarlo: soy un manzano y estoy hecha para crecer así. Si usted cree en el más allá, entonces córtese los brazos y las piernas pero, si no es así, debe decirse: tengo un cuerpo y una mente y debo fertilizar al mundo.

—¿Cree que debería tener más hijos?

—Eso depende de si usted quiere formar a un hombre o a un niño. Está obligada a crear algo para el mundo. Si cría a un niño, hace algo para la próxima generación; si decide criar a Murray, entonces conviértalo en un hombre completo. Quizá fracase, quizá Murray no esté hecho para esto, pero juntos podrían encontrar un nuevo camino para ambos.

—¿Es posible amar a dos hombres a la vez?

—Algunas mujeres lo consiguen.

Por la noche, una reunión de pacientes y colaboradores de Jung en el Club Psicoanalítico: vienen Will, Jonah y fräulein Wolff, unos quince en total. Jung nos habla de la alquimia, de su relación con los símbolos del inconsciente, y nos muestra sus grabados.

Toni lo contradice: su tono denota fastidio, como si los dos hubiesen discutido el asunto hasta el cansancio. El Viejo se enfada, nunca lo había visto tan alterado. Toni Wolff tuerce el gesto y abandona la sala.

Jung decide entonces introducirnos en un juego llamado Allelluia: nos obliga a sentarnos en círculo mientras él extrae un pañuelo de su chaqueta del cual pende una pequeña bola de madera clara.

—Voy a lanzarle el pañuelo a uno de ustedes y en ese instante diré lo primero que se me ocurra, no importa si es algo terrible o grosero.

W. se incomoda, preferiría marcharse como Toni.

—A continuación —prosigue el Viejo—, esa persona tiene que hacer lo mismo: arrojarle el pañuelo a alguien más, y decirle lo primero que piense.

Jung me lo lanza a mí.

—Usted piensa demasiado, no es una verdadera mujer, no se permite sentir —exclama.

Atrapo el pañuelo y me quedo paralizada.

El Viejo me apresura a continuar; por fin le lanzo el pañuelo a Jonah, pero todo lo que consigo decir de él es positivo.

—Ahí está la prueba de lo que acabo de decirle —me reprende el Viejo. Jonah se lo arroja a una *Jungfrau* a la que apenas conozco, una americana de Chicago, le dice cosas espantosas. Yo hubiera llorado con menos.

El juego se prolonga durante un par de horas, las palabras cada vez más crudas e impertinentes.

Jung le dice a W. que es un niño de mamá; este se enfada y le lanza el pañuelo a Jonah. Lo acusa de ser un encantador de serpientes.

La dinámica se torna extenuante. Al final, todos acabamos enfurecidos o agotados. W. me toma del brazo y me obliga a salir.

—Odio esto —me dice.

16 de junio
—Como no está satisfecha con su esposo, frau Morgan, usted lo sexualiza todo. Incluso cuando viene aquí, usted tiene el rostro pálido y el cuello rojo. Es como un pavo real que extiende sus plumas y le dice al macho: «Mira cuán asustada estoy y qué frías están mis manos». Ya se lo decía el otro día, usted hace esto con mucha gente: como su sexualidad no está satisfecha, la coloca en todas partes.

El Viejo dice que mi rostro está pálido, que tengo el cuello enrojecido, que tengo miedo y que extiendo mi sexualidad por todas partes, que lo sexualizo todo, es decir, que lo sexualizo a *él*: noto su rubor, la energía que desprende es sobrecogedora.

Me acaricio suavemente las rodillas.

—¿Eso es negativo?

—No le permite crecer, frau Morgan, y le impide tener una verdadera relación.

Mantengo las manos en las rodillas, las deslizo hacia los muslos. Jung no baja la vista, toma su pipa y le da una fumada.

—Entonces ¿qué tipo de personalidad tengo?

—Tal vez sea una intuitiva reflexiva o una reflexiva intuitiva. Tras el análisis, horas infinitas para pasear y pintar.

He vuelto a mis dibujos y a mis acuarelas. Por primera vez en mucho tiempo me siento segura al tomar el carboncillo.

17 de junio
Harry:

Tú y yo nos hemos hablado desde los confines más apartados, donde las tormentas y la calma se unen en un abrazo oscuro, ¿podríamos hablarles a los otros desde ese mundo terrible y bello? Si no quieres hacerlo, olvídate de mis palabras; si nuestra pasión no llega a perfeccionarse, no hay nada que hacer. Te amo y tú no lograrás herirme aun si me dices que cuanto escribo es imposible.

La única forma de saber si nuestro amor es suficientemente grande es confrontándolo con el amor que sentimos por W. y por Jo. Tendremos que tomar su dolor y cargar con él.

A veces pienso que preferiría morir en vez de herir a W., pero él es fuerte y bello de espíritu, y tal vez pueda comprender cabalmente a dos almas humanas. No lo sé, pido de él un entendimiento mayor al que cualquier hombre podría dar.

No concibo la idea de romper mi relación con W., también lo amo, lo mismo debe de ocurrirte con Jo, ¿podríamos entregarnos a nosotros sin ellos? Si podemos bastarnos el uno al otro en este camino arduo y solitario, y llevar a otras dos personas a donde nos dirigimos, entonces iré contigo, pero tendremos que caminar a la luz del mayor entendimiento entre los cuatro. Quizá ninguno sea tan fuerte, quizá intentarlo termine por aniquilar lo que tenemos, quizá el dolor de los otros sea demasiado, ¿cómo saberlo?

Estoy decidida: mañana hablaré con W. Mi relación con él no ha sido lo que debería ser, ahora empezará a ver a Jung y espero que aclare ciertas cosas, tal vez eso lo ayude.

Si lo prefieres, rompe esta carta: somos humanos y no debemos intentar algo que podría sobrepasarnos. Podemos vivirlo o destruirnos a nosotros mismos y a los otros. Debemos avanzar por un sendero donde no hay señales que nos guíen.

Tu

Chris

P.S.: Si quieres, enséñale esta carta a Jo.

18 de junio

Tal como le escribí a ◆, hoy traté de hablar con W.

—Solo puedo seguir adelante si tú lo entiendes —le dije.

W. salió por un momento de su abstracción y me miró con su rostro de niño ensombrecido.

—Ya te dije que puedes hacer lo que te dé la gana.

Me senté en la cama, a su lado.

—No, Will, necesito que tú y Jo lo comprendan.

W. soltó una risa estridente.

—¿De verdad les hace falta tan desesperadamente nuestra aprobación? ¿No pueden aceptar la responsabilidad ustedes mismos?

Comenzó a desnudarse para dormir.

—Te amo —repetí inútilmente.

20 de junio

W. ha comenzado a ver a Jung a regañadientes: hubiera querido permanecer más tiempo al lado de fräulein Wolff, como si de buenas a primeras tuviese una relación íntima con ella.

Cuando regresó de su sesión, no le pregunté cómo le había ido. Él tampoco dijo nada. Comimos, salimos a pasear.

—El Viejo es un bulldog —me dijo al final de la tarde.

22 de junio

—Frau Morgan, he llegado a un punto fundamental con su marido: él está en la madre, no tiene confianza en sí mismo, no ha construido nada. No es un hombre, es un niño. Si usted no puede construir libido con él, es porque usted no es su madre sino su esposa, pero él no puede dejar de verla así.

Le digo que W. y yo hablamos de esta situación, aunque él no la reconoce y se empeña en apabullarme con su poderosa sexualidad inconsciente.

—Las atracciones inconscientes son muy complejas, frau Morgan. Usted y Murray tampoco tienen una relación todavía, se hallan bajo el dominio de sus ancestros. Cuando tengan una verdadera relación, Murray se verá obligado a decidir si quiere convertirse en un hombre o si prefiere fracasar.

25 de junio

—Sueño que estoy en un campo de batalla, llevo un vestido de novia y voy a cenar con ♦ y su madre. ♦ luce muy hermoso, una chaqueta de cuero y un penacho, su madre no quiere que nos casemos. Aparece una sirvienta y dice que no puede dejarme allí con tantos soldados.

—El ejército es el mundo colectivo —me dice Jung—. Si usted tiene una relación fuera del matrimonio, la sociedad la mirará con desaprobación, de ahí la atmósfera de terror.

—¿Entonces debo entregarme a esa relación sin miedo?

—Si usted está decidida, entonces debe estar dispuesta a encarar la desaprobación de los demás.

28 de junio
—◆ siente una gran identificación con Melville —le digo a Jung—, aunque en la segunda mitad de su vida Melville dejó de crear, arruinó su talento y terminó frustrado y solo.

—Murray está donde se hallaba Melville —me responde—. Se muestra renuente a poner su *anima* en la vida. Si no lo hace, se volverá estéril como él. Usted es una mujer pionera, frau Morgan: su función es crear a un hombre. Algunas mujeres crían hijos, pero es todavía más grande crear a un hombre: si usted alienta a Murray, habrá hecho algo valioso para el mundo. Las mujeres como usted nunca son reconocidas: deberían llevar en el pecho la Legión de Honor.

29 de junio
—¿Por qué me fatigo tanto con ◆?

—Usted es una *participante mística*, y requiere toda su energía para lograrlo.

—¿Will tiene una transferencia hacia fräulein Wolff?

—Todavía no, su libido no es lo suficientemente fuerte.

La respuesta me tranquiliza.

Y me odio por ello.

2 de julio
Al término del análisis, Jung me preguntó si quería acompañarlo. Asentí turbada, abandonamos su despacho y nos dirigimos a un pequeño local apartado y solitario. Pedimos dos infusiones de yerbas y pasó mucho tiempo antes de que comenzásemos a charlar. A los pocos minutos habíamos

abandonado el café. Nos despedimos como si apenas nos conociéramos.

3 de julio
—A veces siento que he destruido mi propio ritmo vital —le digo.

—Usted hiere a la gente y se hiere a sí misma, frau Morgan. Su actitud es demasiado racional, solo ve la mitad de la vida, su intuición irracional aparece y la esclaviza, debe hacer a un lado la voluntad, pues aniquila la vida que hay en usted y en los otros.

Me dirijo a casa pensando en las palabras de Jung.

Tomo un libro y lo empiezo a hojear, pero me da sueño y me recuesto. Justo antes de dormir tengo una visión súbita de:

1. un pavo real en la espalda de un hombre; y
2. un hueco en mi zapato.

No se trata de sueños, sino de visiones diurnas. Como cuando era niña. Como cuando era adolescente.

¿Por qué han vuelto?

4 de julio
Primero veo una gran cabeza con un gorro de terciopelo. Luego me habla un sabio triste: luce una enorme túnica morada y de pronto sé que es Fausto. Me dice que lo siga sin volver la vista atrás.

Jonah tenía razón: basta que fije mi atención para entrar en trance a plena luz del día. Frente a mí comparecen formas cambiantes, siluetas coloridas que evolucionan poco a poco en figuras humanas y animales: tigres, elefantes, jabalíes, lunas gigantescas y soles incandescentes.

A continuación, atestiguo un ritual antiguo: un grupo de indios custodia un grupo de mujeres blancas. Una de ellas me habla. Escucho su voz, aunque no entiendo lo que me dice. Después las figuras se disuelven.

Termino muy cansada, sin llegar a adormecerme.

¿Tendrá ♦ la fuerza para confiar en mis visiones?

5 de julio
Le cuento a Jung mis fantasías. Él sonríe.

—¡Por fin se ha liberado del pensamiento! Ahora está en contacto consigo misma y con sus potencias inferiores.

—¿Por qué al terminar siento una tremenda lasitud?

—Ha abandonado sus funciones superiores y las inferiores apenas comienzan a actuar. Ahora usted se halla en la naturaleza, y la naturaleza crece en usted muy lentamente, como un caracol. Esta experiencia se asemeja a la muerte.

Le cuento las visiones del hombre y de Fausto.

—Sus funciones inferiores se yerguen frente a usted. Son visiones, como las de san Antonio.

El Viejo se muestra más enfático que nunca. Luego, cambia el tono.

—Llegará muy lejos si mantiene esta actitud. Trate de hacerlo a diario: conságrele unas horas a este proceso y de inmediato anote lo que vea; a veces puede ser difícil o penoso, está lidiando con el inconsciente de manera directa. Los antiguos también poseían esta capacidad que nosotros hemos olvidado: la imaginación del mundo habla a través de usted.

—¿Cómo puedo hacerlo mejor?

—Use solo la retina. En vez de forzar la imagen hacia afuera, trate de fijarla, pero permítale seguir su camino para ver hasta dónde la conduce y en qué se transforma. Entonces usted se convertirá en una de sus protagonistas. Cuando yo comencé a hacer esto, veía figuras que me hablaban y me respondían.

—Me siento muy tranquila y no sé por qué.

—Está frente a su propia luz interior, frau Morgan. Es una de las cosas más grandes que puede realizar una mujer. Solo tenga presente que se halla en el filo de la navaja. Le recomiendo avanzar muy suavemente.

Cena con W. y Jonah: les cuento que mis visiones han regresado, las figuras de mi infancia, los indios, las bestias, las señales.

Jonah lo celebra con un brindis.

—Por el inconsciente.

W. bebe sin entusiasmo mientras Jonah me acribilla con preguntas. Quiere que le describa cada detalle, le gustaría comparar mis imágenes con las suyas.

—Esa es la imaginación activa —me dice—. Con la ayuda del Viejo llegarás a dominar la técnica.

W. continúa en silencio: lleva meses adentrándose en las prácticas chamánicas de los indios americanos y ahora su mujer las vive en carne propia.

—Tenemos que hacer un pacto —insiste Jonah—. Compartamos nuestras visiones. ¿Sabes qué tienes que hacer? Dibujar todo lo que veas. ¿Te das cuenta, Will? Gracias a tu mujer serás testigo del inconsciente.

5 de julio
Visiones.

1. Una luna y una espada

2. Un hombre con una rueca detrás de él

3. Un hombre bebiendo de un doble cáliz

6 de julio
Visiones.

1. Un ojo

2. Una estrella

3. Un pájaro

4. Una imagen

5. Un árbol

6. Tres círculos

7. Esta imagen   que se convierte en esta otra

8. Tres barras de luz

7 de julio
Visiones

1.

2. Un búho

3. Mano

4. Hombre con halo

5. Un globo con una línea negra

6.

7.   Una figura negra con una lanza

8.   Una llama entra por mi boca

8 de julio
Me avasallan las visiones: ya no solo aparecen al atardecer, sino también por la mañana. Me sumo en trance una, dos, tres horas diarias.

Al acabar, dibujo todo lo que he visto. El esfuerzo me obliga a recostarme. Solo las sesiones con Jung consiguen arrancarme de la cama.

—Estos son signos de magia, de lo primitivo —me dice—. Usted por fin empieza a tener un yo verdadero. Ha abierto los ojos, ahora podrá mirar la vida detrás de la vida, beberá del éter.

—¿Entraré en una corriente más alta?

—Tal vez, pero si no logra acceder al valor espiritual de todo esto, no servirá de nada. Se habrá reducido a una mera infidelidad.

10 de julio
—Ya no siento que la gente pueda destruirme —le digo a Jung.

—Yo mismo lo percibo: usted se muestra distinta, está alimentando su alma, le está entregando su libido, por eso no puede ser destruida. Antes de tener visiones, yo también era muy errático. La gente decía que tenía un temperamento artístico, pero el inconsciente hablaba por mí. En cambio, ahora he aprendido a actuar el drama de los demás y el drama en mi interior, y nada puede lastimarme. He escrito más de mil páginas desde el inconsciente.

¿Mil páginas?

Me pregunto cómo serán las visiones de Jung y en qué medida se comparan con las mías.

Las fantasías se suceden ante mis ojos una a una, no puedo dejar de dibujarlas, de escribirlas.

Jonah viene todos los días a tomar el té solo para echarle un vistazo a mi cuaderno. Se empeña en hablar de mi indio —así lo llama—, mientras W. pasea o se queda a leer en el hotel. Al principio traté de mostrarle mi cuaderno, pero pronto vi que su miedo lo volvía indiferente.

12 de julio
—Dibújelo todo en un volumen bellamente empastado —me ordena el Viejo—. Solo así se liberará de su poder. Piense en lo que ha visto y dibújelo. Cuando quede en su libro, podrá regresar a él y pasar sus páginas: será su templo, el silencioso lugar del espíritu donde siempre podrá refugiarse. El libro será la casa de su alma.

14 de julio
Hoy compré un hermoso cuaderno y empecé a copiar allí los bosquejos de mi diario. Trato de mantenerme fiel a ellos, resaltando las formas y los colores. Depuro mi técnica al máximo, hasta que las imágenes adquieren una extraña consistencia atemporal.

15 de julio
Última sesión con Jung antes de la larga pausa del verano: no alcanzo a sentir nostalgia, la inminente llegada de ♦ me consume por completo.

—¿Por qué dice que las visiones son más importantes que los sueños?

—Representan la fusión del consciente con el inconsciente, la unión de los opuestos, el camino que persiguen los filósofos. Continúe con su pequeño rebaño de animales y sus indios: pronto la llevarán a conocer la fuerza de su inconsciente.

Nos despedimos con rapidez —la tensión exacerbada—, el Viejo se levanta de un respingo, toma mi mano y deposita sobre ella un beso inmaterial.

—Hasta octubre, frau Morgan.

17 de julio
W. se ha marchado a visitar a una tía enferma en Londres —eso ha dicho—, pero en realidad ha querido dejarme libre para mi reencuentro con ♦.

El viernes nos veremos en Múnich.

Diez días a solas, ♦ y yo.

Luego, Jo, W. y los Cohn se reunirán con nosotros y volveremos a encadenarnos a nuestro juego de simulaciones.

21 de julio
El *Libro de visiones* está listo: todo lo que yo soy está allí.

4 de octubre
Luego de las aborrecibles semanas en Cambridge, W. y yo
volvemos a instalarnos en el hotel Sonne.

♦ y Jo ocupan una habitación en el piso de arriba —ella
apenas me habla—, W. por su parte volverá a encontrarse con
fräulein Wolff.

Por fortuna, no serán más que unos días de forzada convivencia, pues ♦ debe volver cuanto antes a Harvard para
ocupar el puesto que Morton Prince le ha ofrecido en la nueva clínica psicológica.

Ninguno resistiría mucho más.

El Viejo me recibe como a una hija pródiga. Algo ha cambiado en su mirada: es más franca, más abierta.

Su rostro revela una nueva curiosidad hacia mí.

De inmediato le cuento del mes que pasé al lado de ♦.

—El dios volvió a visitarnos, y no solo una vez, sino decenas. ♦ se despojó de su miedo y se decidió a afrontar nuestra
relación no solo desde una perspectiva intelectual, sino física.
En cambio, el mes de septiembre en Cambridge no hice otra
cosa sino dormir.

—El verano con Murray debió de ser fascinante —me responde Jung—. Por fin vivió la vida que hasta el momento
había sido inconsciente y parecería que hubiera podido continuar así, pero sigue siendo una mujer demasiado intelectual.
Nadie puede crear una nueva persona de pronto.

—Pese a lo doloroso de la situación, W. se ha mostrado
contenido.

—Él siempre se contiene, frau Morgan. Se ha entregado a
usted y jamás ha llegado a la autoconciencia. Le recomiendo
que no haga ningún plan con su esposo, espere a ver en qué
quiere convertirse.

Hablo sobre la dificultad que tuve con ♦ para mantener mis sentimientos mientras él lo intelectualizaba todo.

—Usted solo debe darle emoción —insiste el Viejo—. Aunque él la rechace, usted debe mantenerse obstinadamente fiel a la emoción.

Le hablo de Councie, de cómo me siento lejos de él y no soy capaz de llevar una buena relación con él.

—Usted no ha dejado salir su verdadera relación con el niño. Juegue con él, planee cosas en las que participe. No se puede inventar la relación con un niño. Lo que usted puede darle es algo parecido a la *participación mística*. Quizá cuando tenga mejor relación con Murray se sentirá más contenida, y eso será bueno para el niño.

Por la noche, cena en Orsini's.

Jo continúa sin hablarme.

♦ nos cuenta que al día siguiente visitarán a Jung en Bollingen —se me revuelve el estómago— y W. nos relata sus últimas lecturas antropológicas.

Agradecemos que un tema aburrido nos permita sobrellevar la cena.

5 de octubre
Le muestro a Jung el *Libro de visiones*.

El Viejo lo toma entre sus manos como un tesoro antiguo y lo deposita en su escritorio. Mientras lo hojea, una expresión ávida e infantil se dibuja en su semblante.

LIBRO DE VISIONES

Él está vivo, en efecto, y solitario, y así debe serle mostrado
por mí el sombrío valle, por estricta necesidad, no por placer.

QUE QUIEN BUSCA NO CESE HASTA QUE ENCUENTRE
Y CUANDO ENCUENTRE SERÁ ILUMINADO
ILUMINADO ALCANZARÁ EL REINO
Y HABIENDO ALCANZADO EL REINO DESCANSARÁ EN PAZ

CUANDO SALOMÉ PREGUNTÓ CUÁNDO ESAS COSAS SOBRE
LAS CUALES HABÍA SIDO CUESTIONADA PODÍAN SER
REVELADAS EL SEÑOR DIJO:
CUANDO TE CUBRAS CON LAS VESTIDURAS DE LA VERGÜENZA
CUANDO EL DOS SE CONVIERTA EN UNO
Y LO DE AFUERA EN LO DE ADENTRO
Y EL HOMBRE CON LA MUJER
NO SEAN NI HOMBRE NI MUJER
ENTONCES VERÁS A DIOS

LEVANTA LA PIEDRA Y ENTONCES ME ENCONTRARÁS
DESGAJA LA MADERA Y ALLÍ ESTARÉ

GUARDA SILENCIO Y APRENDE QUE YO SOY DIOS

El Viejo se detiene en algunas imágenes, las escudriña de arriba abajo, lee los textos en voz alta.

Una cara con los ojos cerrados. La cara se vuelve oscura,
los ojos se abren. Ella ve lo que ningún hombre debe ver,
tan terrible, tan lleno de terror y de belleza que ella
grita que no puede soportarlo y los ojos se cierran.

Frente a mí, una oveja en un altar de piedra. Indios danzan a su alrededor y se ungen con su sangre, la despellejan y sus entrañas se convierten en joyas rojas. Aparezco vestida de blanco y les pido que me den una de las joyas. Un indio viene hacia mí. «¿Por qué huyes?», le pregunto. Me responde: «Porque has violado la sangre». De pronto estoy en un gran bosque, mi ropa cambia a verde y mis pies se hunden en la tierra: me convierto en árbol y mi rostro se dirige al sol.

Dos anillos de oro en un fondo oscuro, un anillo más pequeño con un niño en su interior, rodeado de líquido amniótico. Quiero sacarlo de allí pero no puedo. Tomo un martillo de madera y trato de romper el anillo exterior. Me aproximo para ver si mi calor corporal puede derretirlo. Lloro y mis lágrimas lo tocan, pero no se abre. Un hombre viene hacia mí. «Enséñame cómo abrir este anillo», le digo. Él me dice: «Mujer, tienes que perder uno de tus ojos». Una semilla es depositada por el viento en mi ojo izquierdo y sé que me he quedado ciega. Me levanto y descubro que los anillos de oro se han roto. Voy hacia el niño, lo abrazo y le digo: «Crece como ha crecido el árbol».

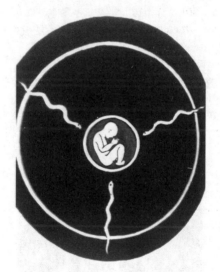

—¡Es magnífico, Christiana! —exclama Jung—. No la hubiera creído capaz de algo así. Pisa usted las aguas del inconsciente.

Es la primera vez que me llama por mi nombre.

—Aquí aparece el rostro del inconsciente, allá está el toro y el indio. Poco a poco abandona a los animales por el principio vegetal.

Jung mira más adelante, se detiene ante la imagen del gran huevo suspendido.

—Aquí tiene el huevo divino. Es la aceptación del principio oscuro, el principio de individuación.

A continuación le muestro el dibujo con el símbolo egipcio, el sátiro y la momia.

—¡Asombroso! —repite—. En tiempos de gran renacimiento espiritual, siempre se ha creído que las distintas eras convergen en una sola. La imagen significa que usted ha aceptado la sexualidad y se halla en paz consigo misma; el intelecto ha destruido el espíritu y ahora tenemos que buscarlo en la sexualidad. Esto lo descubrió Freud, que tenía una gran intuición, aunque él convirtió la sexualidad misma en un dios. Usted en cambio ve la sexualidad como una puerta hacia el espíritu.

Jung revisa el dibujo del diablo en la cruz.

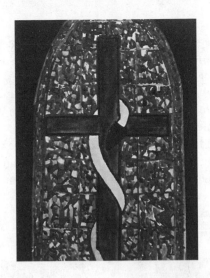

—El libro es maravilloso, Christiana. Contiene material para los próximos doscientos o trescientos años.

—Descubrí que me servía mucho hablar de mis visiones con ♦ — confieso—. Al mirarlas juntos se estableció una verdadera comunión entre nosotros.

—Así le puede mostrar a Murray cómo se siente y cuáles son los problemas que atraviesan. Por ejemplo, así puede dejarle claro cuántas veces él ha huido de usted y mostrarle que su pasión lo arrastra a todo tipo de tonterías.

—En su opinión, ♦ y yo seguimos enfangados —le digo.

—Ustedes se conocieron en los terrenos de la sensación y la emoción; su función superior es el intelecto y después la intuición, por eso están juntos y eso hace mágica su unión, pero Murray aún tiene fuertes resistencias hacia usted.

Pese a sus críticas, abandono la sesión llena de ánimo: a Jung le gustaron tanto mis dibujos que me pidió permiso para quedarse con el cuaderno; yo se lo entregué emocionada.

Aún resuenan sus palabras en mi cabeza: aquí hay material para los próximos doscientos o trescientos años.

6 de octubre

—Quiero preguntarle más sobre ♦ —le digo al Viejo—. Aún no hemos tenido una verdadera relación, pero yo sé que él podría romperla.

—Murray no tiene madurez psicológica, no está satisfecho consigo mismo, un minuto es uno y luego otro, necesita desesperadamente del análisis.

—¿Usted lo ayudará a alcanzar esa madurez?

—Siempre y cuando se comprometa consigo mismo. Por desgracia, no estoy seguro de que en este momento esté dispuesto.

Jung me asusta.

Prefiero mostrarle otra de mis fantasías.

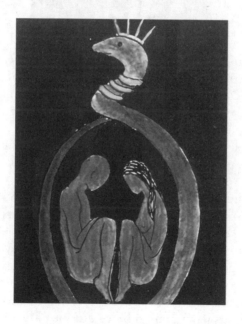

—Los dos cuerpos en el interior del animal embriónico la representan a usted —concluye después de divagar más de media hora sobre su contenido.

Al mediodía, un último paseo por Küsnacht en compañía de ♦ y Jo.

De un día para otro, el clima se ha tornado frío y ventoso. Rojos, bermellones y sepias entintan las copas de los árboles.

♦ nos relata su fugaz encuentro con Jung y nos dice que lo invitó a visitar la nueva clínica psicológica de Harvard. El Viejo aceptó gustoso.

—¿Cuál fue tu impresión del maestro? —le pregunta W. a Josephine. Ella tuerce el gesto.

—Solo tuvimos ocasión de charlar unos minutos —le responde—. Pero me pareció un viejo sucio. La visita fue una total pérdida de tiempo.

Antes de la cena, ♦ y yo encontramos un último momento a solas.

—¿Qué pasó entre Jung y Josephine? —le pregunto—. ¿Por qué está tan enfadada?

♦ suelta una risa nerviosa.

—Le dijo que yo no era peor que otros hombres, que debía sacar lo mejor que pudiera de esta situación. En resumen, que se resignara.

Nos besamos sin pensar en el futuro. Volveremos a vernos en Boston pero sin un plan concreto.

Quizá Jung tenga razón: soy demasiado lírica.

7 de octubre
Hoy ♦ y Jo dejaron Zúrich.

8 de octubre
Le cuento a Jung el sueño que tuve sobre ♦. Él aparecía en medio de un campo en llamas, yo acudía a salvarlo y al final solo se quemaba mi piel, mientras que ♦ salía ileso.

—Lo que hay entre nosotros no puede ser amor —acepto, resignada—. No soy tan pura como su esposa.

—Es la consecuencia de violar el tabú sexual, Christiana. Que el tabú sexual haya existido desde épocas primitivas demuestra su importancia: cuando usted viola un tabú, el demonio viene hacia usted y el inconsciente se rebela. Freud cree que es por temor al incesto, pero eso es apenas una parte. La verdadera causa es el temor hacia el inconsciente: si usted tiene una relación sexual con el señor A y luego con el señor B, está bien; pero si tiene relaciones con los dos al mismo tiempo, entonces se vuelve impura, ha violado el tabú y aparecen los demonios. Usted se lanza hacia la prostitución y debe pagar por ello.

Volvemos al *Libro de visiones*.

—En nuestra era racional no es sencillo mostrar el espíritu —me explica el Viejo—. Es un animal salvaje y fiero: nunca se muestra del todo, permanece agazapado entre las ramas. Ahora creemos que el espíritu podría ser demostrado de forma científica, pero eso es imposible, pues el inconsciente es fiero y tremendo, y permanece arrastrado por fuerzas malignas.

9 de octubre

—Tengo grandes dificultades para analizar mis fantasías, solo entiendo las partes más generales —me quejo.

—Debería leer más sobre religiones comparadas y mitología, solo así podrá adentrarse en los símbolos del inconsciente.

—¿Y por qué siempre aparecen escribas antiguos en mis visiones?

—Los escribas se refieren a su libro: es el instinto de perpetuar las cosas en la piedra. Yo mismo hago esculturas y me producen una gran satisfacción.

12 de octubre

Harry:

No he resistido el impulso de escribirte esta noche. Me pregunto hasta dónde estoy sumergida en tus oscuras profundidades y me he vuelto a convertir en una extraña para ti, o hasta dónde estoy a tu lado, compartiendo tu poder vital. El Viejo se encuentra en su mejor forma, cargado con rayos y truenos: la forja está caliente, estamos aproximándonos a muchas cosas. El espíritu crece, atravesado por extraños fuegos.

Y a ti, mi amado, ¿qué te puedo decir? Pongo en tus manos el más oscuro y luminoso de mis poderes. Tuya,

CH.

13 de octubre
Hoy no siento el mismo optimismo. ¿Y si todo ha sido un error? ¿Y si en realidad me he precipitado hacia la locura? ¿Y si mi relación con ♦ fuese solo un delirio?

Las interpretaciones de Jung me suenan apresuradas o insidiosas, demasiado pautadas por sus propias manías y obsesiones.

Durante el análisis, no me contengo y se lo digo.

—Usted puede tomar mis sugerencias sobre sus fantasías o dejarlas de lado —replica—, es un tema muy delicado y apenas me atrevo a aconsejarla. Parece como si sus fantasías comenzaran a repetirse; de alguna manera ahora usted está fuera de la vida, su inconsciente está tranquilo, pero debe tratar de extraer más de él. Imagine que se encuentra en una ceremonia mística y usted es uno de los oficiantes. Debe tomar parte. Me gustaría que entrara en el templo y le preguntara a la gente qué hace. Le cuento lo que me ha pasado a mí: un día estaba escribiendo mi libro y de pronto vi una figura de pie que me miraba detrás del hombro. Era uno de los demonios de mi libro, que salió y se golpeó en un ojo. Me pregunto si podría curarlo y yo le dije que no, a menos que me dijese su nombre; si no lo hubiera hecho, jamás hubiera averiguado por qué salió de mi inconsciente. Entonces me respondió que me revelaría el significado de ciertos jeroglíficos que yo había estado revisando los días anteriores. Así lo hizo, le curé el ojo y desapareció. Cuando el inconsciente le envíe una figura con forma humana, no dude en hablar con ella, exprímala hasta que dialogue con usted.

14 de octubre
Toda la noche le doy vueltas a lo mismo: Jung insiste en que no soy una mujer verdadera y en que no tengo una verdadera relación con ♦. Me siento más débil que nunca, atrapada ya no entre dos hombres, sino entre tres.

—Quisiera saber por qué se muestra tan pesimista en mi relación con ♦ —le pregunto.

—Yo hubiera creído que las cosas irían mejor, Christiana, pero en un año nada ha cambiado. Esperaba más de Murray: su trabajo se halla en una condición deplorable, no ha hecho planes para el futuro. Debería estar plantado en el mundo para hacer lo mejor que pueda y no ser destruido. Si no se establece pronto, podría ser arrastrado por fuerzas inconscientes.

—Pero yo puedo darle una actitud positiva.

—En este momento a él no le interesa.

—Aunque se haya mostrado estático, desde hace un año ♦ siente una gran necesidad de cambiar.

—Si yo estuviera enamorado de una mujer casada e insatisfecha con su marido y su hijo, etcétera, también tendría resistencias. Aun si ella es positiva hacia mi trabajo, yo sería negativo hacia sus obligaciones y sus relaciones personales, y tendría una resistencia inconsciente hacia ella. Quizá esto le ayude a entenderlo: la ventaja es que usted puede darle algo positivo hacia su trabajo, a diferencia de su esposa.

—Le confieso que me he sentido muy deprimida durante los últimos días. Para mi hijo y para mi esposo, y también para ♦, debo ser siempre una madre. Y al mismo tiempo sé que estaré siempre sola, mirando esta cosa desnuda. Debo reafirmar las capacidades de todos estos individuos, cuidarlos para cubrir sus necesidades, y me siento terriblemente sola con mis visiones.

—Yo estaría dispuesto a protegerla, pero usted está a punto de marcharse —me dice Jung.

Sus palabras me sorprenden.

Sus palabras no me abandonan en todo el día.

15 de octubre
Cena con W. y con Jonah en Orsini's.

Estas veladas han dejado de entusiasmarme: donde antes había curiosidad y energía, ahora solo encuentro recelo y desconfianza.

W. se muestra siempre taciturno y Jonah es cada vez más explosivo.

Ayer no hizo sino criticarme toda la noche, celoso de mis trances, que a la larga se han revelado más poderosos que los suyos. Antes siempre me sentía brillante frente a él, ratificaba mis puntos de vista, se reía de mis ocurrencias y celebraba mis desplantes, en cambio ahora no deja de burlarse de mí.

18 de octubre
Le muestro a Jung la visión de la mujer y el círculo en llamas, la más intensa y poderosa de cuantas han venido a mí. Me siento más reflejada en esa figura femenina que en cualquier otra.

—En ella veo cifrado todo mi poder —exclamo.

—Sin duda es muy hermosa —me dice.

—¿Por qué sudo cuando se la muestro?

—Porque advierte en ella algo más grande que usted. Es la imagen de la individuación.

—¿Entonces debería convocarla de nuevo?

—No, usted ya la ha visto.

Quisiera seguir hablando de esta fantasía, explicarle a Jung su relevancia, la fuerza que me otorga, pero él la desestima.

—Ya le dije que es muy hermosa —murmura, y cierra el libro.

19 de octubre
Me siento cada vez más irritada con Jung. Me coloca contra la pared, me invade con su energía negativa.

¿Por qué el análisis debe convertirse en una fuente de destrucción?

—Usted camina como sonámbula —me dice Jung—. Ha perdido su yo consciente, no tiene fuerzas porque está rodeada de hombres: Will, Murray, su hijo e incluso yo mismo. Mientras esté en contacto con estos hombres, usted será solo una intelectual, una mente completamente masculina.

No.

El Viejo ha comenzado un nuevo ataque contra mí.

Contra mí y contra ♦.

No me da tregua: todo le parece bajo, estático, vacío. Le parezco fría y masculina. Yo advierto grandes avances, y él los niega. Peor aún: sugiere retrocesos.

Está celoso, no puede ocultarlo.

No de mí o de ♦, sino de lo que conseguiremos juntos.

Emma y Toni no están a su altura, una es demasiado vieja, la otra demasiado joven. El Viejo jamás ha conseguido mantener una relación entre iguales.

♦ y yo somos distintos: nuestra pasión nos volverá únicos.

—Cuando estoy con ♦ me siento más poderosa que nunca —le digo.

—Sí, pero esa relación está del lado inconsciente, Christiana. Los hombres fuertes son muy débiles, ya debería saberlo.

—Me siento muy diferente después de verlo a usted. Me obliga a dudar de todo.

—Es bueno que acepte la crítica.

Le cuento el nuevo sueño que he tenido sobre él y la señora Jung.

—Nos encontramos en un teatro, yo me acerco a ustedes y le arrojo un balde de agua sobre la cabeza, luego me pongo de hinojos e imploro su perdón.

—Hace algo que me puede ofender y luego pide disculpas: es el inicio de una verdadera mujer en usted. En estos momentos, mi *anima* está representada por usted y su *animus* por mí. Esto nos llevará a una situación muy tensa y a muchos malentendidos, Christiana. Yo quisiera discutir asuntos intelectuales con usted, porque tiene una mente excelente, pero por el momento no puedo darle un ápice de emoción, pues siento que usted me lastimará. Aún no soy lo suficientemente fuerte en usted.

Por fin ha caído el velo, por fin dejamos de hablar de los demás.

Por fin hablamos de nosotros.

—Lo siento, Christiana, usted es demasiado intelectual para mí.

—No estoy de acuerdo.

—Digamos que su intelecto empieza a decaer: usted se introduce en los dos mundos, y ya no será como antes. La mujer inconsciente comienza a aparecer, el sueño indica que está lista. Usted sabe que tengo una gran simpatía por usted, pero en su relación con Murray nunca habrá la menor solidez.

Por primera vez, yo termino la sesión. Me levanto sin prevenirlo y le digo que ha llegado la hora. Me dirijo a la puerta con los dientes apretados. El sol del mediodía me deslumbra.

Me refugio bajo un castaño y lloro hasta que no puedo más.

19 de octubre, p. m.
Después de la ríspida sesión de la mañana, paseo por Bollingen distraídamente, voy de compras, no consigo ordenar mis pensamientos. Le escribo una carta a ♦, que no tardo en romper.

Aunque sigo furiosa, visito a Jung por la tarde, como me ha pedido.

—Estoy muy decepcionado de Murray —vuelve a la carga—. No comprende lo que tiene con usted. A estas alturas, usted ya debería saber que los Murray y las Christianas nunca se casan. Murray la consumirá y la mantendrá encantada hasta la muerte o hasta que usted se quiebre de forma definitiva.

24 de octubre
La tensión con Jung no se disipa. Le leo una nueva visión.

Ante mí, un Cristo oscuro crucificado y la madre de Cristo,
llorando. Le pregunto: «¿Por qué lloras, Mater Dolorosa?».
Responde: «Porque antes él estaba conmigo».
Cristo se dirige hacia nosotras y nos dice:
«Sosténganme, mujeres, ustedes me crearon solo para
ser crucificado». Le digo: «Sí, Cristo, de mi vientre
solo surge sufrimiento, te crearé de nuevo
y de nuevo serás crucificado».

—Las mujeres siempre buscan hombres que sufren y con frecuencia se casan con hombres débiles para amarlos y cuidarlos —me explica Jung—. Les gustan los hombres enfermos. Por eso en la crucifixión siempre aparecen mujeres al pie de la cruz.

¿Necesito un hombre que sufra? Me basta con W., no quiero otro hombre así. Ahora quiero un hombre fuerte: a mi lado ♦ se convertirá en un gran psicólogo, en un gran escritor.

—Muchas mujeres, cuando pierden su vieja parte intelectual, tienen un hijo, ¿por qué usted no? —persiste Jung—. Usted no es diferente, Christiana: sigue dominada por su vieja actitud intelectual, la maternidad debería parecerle tan normal como a otras mujeres.

—No quiero tener un hijo, ya se lo he dicho, sería la muerte para mí y no lograría darle nada al niño.

—Solo le pido que ponga atención —me interrumpe—. Ahora usted es una virgen fuerte, como Brunilda: a pesar de todo nunca se ha quebrado. Por eso necesita a un Sigfrido que la abra con su anillo de fuego y la convierta en una verdadera mujer.

¿Sigfrido? ¿Jung es mi Sigfrido?

Aturdida, cambio de tema. El Viejo duda un momento, sus ojos buscan consuelo en sus grabados alquímicos.

—¿Qué me ha hecho para que tenga estas visiones tan fuertes?

—Yo solo la modelé para que la llama de su voluntad se dirigiera hacia allí.

Sigo furiosa y le digo que pronto volveré a casa.

—Es tiempo de que lo haga —me dice—. Debe enfrentar el problema y establecerse. El análisis es un laboratorio, y usted tiene que ver cómo funciona el experimento en su propio ambiente. Ha sido una destrucción y ahora le toca construir. Si la condición de su marido es peor que la suya, entonces deberá dedicarse a él.

Le hablo de la columna blanca, mi última visión.

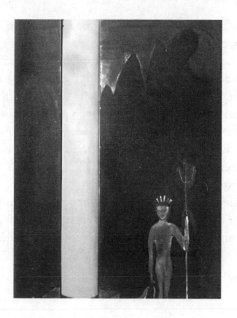

—La columna es usted, Christiana. En mi caso, la individuación se expresa de otra manera, pero en las mujeres suele ser mediante una columna blanca.

Le pregunto sobre la naturaleza de las visiones.

—La historia del espíritu es larga —me explica—, comenzó en los cultos antiguos, cuando se expresaba a través de experiencias místicas y visiones. Luego el espíritu vivió en la cristiandad, hasta que fue formalizado por la Iglesia; después reapareció en las Cruzadas y con el misterio del Grial; más tarde con el protestantismo de Lutero y la música de Bach; y a continuación con los rosacruces.

—¿Y dónde está ahora?

—En el psicoanálisis, Christiana, que representa la nueva libertad. Es alquimia: la transformación de la libido en un nuevo ser.

—¿Por qué no hay más gente que tenga visiones y escriba sobre ellas?

—Imposible hacerlo en esta época sin ayuda del psicoanálisis. La puerta está cerrada, los seres humanos están reprimidos. Aunque a veces renace: el espíritu se abrió camino en mí a través de Freud. Freud se imbuyó de él, aunque luego se volvió débil. Él es un gran profeta, por supuesto, pero sus discípulos usan sus teorías para cerrar la puerta más que antes.

No tenemos más que decirnos.

Él se levanta y coloca su enorme mano en mi nuca. Yo tomo su mano entre las mías.

—Christiana —musita apenas.

Nos quedamos asidos uno al otro durante unos instantes. Él intenta decir algo sin dejar de acariciarme el cabello. Yo me retraigo.

—Hasta mañana, profesor.

25 de octubre
…

26 de octubre
¿Qué decirnos ahora? Jung me exigirá que lo olvidemos, dirá que nada ocurrió, que continuemos el análisis. ¿Cómo creerle?

Sus palabras aún resuenan en mi cabeza. Sus manos en mi piel.

Los dos sabíamos que algún día llegaríamos a este punto, como si todas las sesiones anteriores no hubiesen sido más que un preludio.

¿Y ahora?

Fingir. Hablar de nuevo del indio, de los círculos de fuego, de los alquimistas, de los magos, de los rosacruces, de la mujer en llamas.

Transcurre una hora de la que no retengo una sola frase, una sola idea.

Por la ventana contemplo las hojas arrastradas por el viento de la tarde.

Eso es todo.

Cuando se agota el tiempo, Jung y yo nos levantamos a la vez. Me pregunta si puede conservar el *Libro de visiones*, promete enviármelo por correo cuando haya terminado de estudiarlo. Accedo sin entusiasmo.

Toma mi mano. Hago una leve inclinación de cabeza y abandono su despacho.

Su sombra queda a mis espaldas.

La noche me amortaja.

III

ANDANTE

LA DÍADA

Cambridge y Newburyport, Massachusetts, 1926-1943

I. WONA & MANSOL (1926-1933)

Christiana se observa confinada en un huevo primordial. Abre los ojos y descubre la misma negrura del sueño: el despachador le asignó un camarote sin ventanas. Su mano tropieza con el joyero y el frasco de perfume —un estrépito de perlas— antes de rozar la lamparilla. El resplandor glauco no perfila los objetos: los deforma. Ella se incorpora sobre el almohadón.

Aún faltan doce jornadas con sus noches. Cherburgo, en la distancia, puro olvido.

Junto a la puerta, entrevé el baúl nacarado donde cabe su vida entera; más allá, el contorno de un *secrétaire* y un taburete. Cajas de sombreros, estolas, abrigos y vestidos invernales desvencijan el armario.

Cómo detesta el dócil vaivén de las olas: preferiría sin chistar una tormenta.

Christiana repliega las piernas y se abraza a sus rodillas; sus pies se hielan. Muy cerca, el procaz hipeo de los motores.

De nuevo sola. Ferozmente sola.

—Tengo que irme, Will, no sabes cómo lo siento, necesito volver a Boston, no tengo otra salida —le advirtió a su esposo un par de semanas atrás.

Will comprendía, siempre comprendía. Councie, en cambio, corrió al jardín para escapar del abrazo de despedida de su madre.

No criar a un niño sino a un hombre, le dijo Jung: sucio consuelo.

En cuanto dejé Zúrich, supe que debía seguir a Harry —escribe en su diario—. No podía abandonarlo, ahora menos que nunca, en medio de las intrigas de la clínica, a merced de sus temores y de Josephine. Seré franca: tampoco podía condenarme yo de nuevo al limbo de Inglaterra, no lo hubiese resistido. Quiero creer que Councie y Will tampoco: un cadáver no sirve de madre ni de esposa.

Christiana se mesa el cabello: doce días aún en este huevo paleozoico antes de encallar bajo las sombras de Manhattan.

Aun hediondo y deslavado, un Cunard de línea no será nunca una ballena: en su vientre resoplan las turbinas, no se pudren esqueletos de peces o moluscos; su lomo no está plagado de lampreas —un oficial medio sordo ordena pulir los maderos de cubierta antes del alba—, aunque así luzca para Christiana. La imagen se multiplica en las cartas que redacta para Harry al concluir su paseo vespertino por la proa: devorada por la ballena.

Jung le solicitó —le exigió— que perseverase con sus visiones y ella, sin nadie con quien refugiarse en medio de las aguas, obedece al precio de la consunción y la fatiga. Se recuesta en el camastro sin cerrar nunca los ojos, dibuja una silueta de memoria, un personaje de su cuaderno, el sátiro, el indio, la mujer en llamas o la ballena, y se concentra hasta entrar en trance. Se hunde en el hueco del océano, descubre inesperados guardianes —ondinas, oreas, galeones naufragados— y atiende el eco de sus voces.

Cuando por fin se aparta de su influjo, se han consumido tres o cuatro horas. Entonces se precipita al comedor y, ante el embarazo de pasajeros menos impúdicos, sacia un hambre de semanas. Luego regresa al camarote y se desvanece hasta el alba. Al despertar, describe la visión en su cuaderno hasta los últimos detalles: cómo no sentirse en el vientre de la ballena.

Doce días después, Christiana por fin desciende por la barandilla del Cunard como quien ha sido rescatada de un naufragio: la primera bocanada de aire salobre le hincha los pulmones, devuelve el rubor a sus mejillas.

El cielo de Nueva York presume el temple del acero. Semejantes a descargas de metralla, las gotas de lluvia laceran el mar encabritado, cimbran los cristales y azotan sin clemencia el rostro de la recién llegada. La ventisca le arrebata el paraguas —cuervo al vuelo— y la pesada gabardina cae a plomo sobre sus hombros.

Chapoteando sobre el aguanieve, Christiana escudriña la bruma hasta estrellarse con un amasijo de criaturas empapadas. La brutalidad de la tormenta le reintegra tantos inviernos bostonianos. Esquiva el empujón de un estibador y desoye los insultos de una dama a la que ha atropellado antes de detenerse en el corazón del muelle.

Una voz: «Christiana». Luego otra, más sonora: «Christiana». Cuando al fin reacciona, dos cuerpos se aprietan contra el suyo.

Un beso en la mejilla, otro en la frente, otro más en la comisura de los labios: Mike.

A continuación uno en la boca, este sí interminable: Harry.

Reconciliados o al menos en una *entente cordiale*, los hermanos han ido a recibirla y ninguno esconde su alborozo: sus cuerpos bajo el aguacero, un trompo de telas amasadas. Harry toma su mano derecha y Mike la izquierda al grito de «corramos».

Una limusina los espera no muy lejos.

Los tres se apretujan en el asiento trasero. Hasta hace un momento ella era una boya extraviada en pleno Atlántico, ahora es parte esencial de esta comunidad que la mima, la protege.

Cuando el coche emprende la marcha —el pavimento, un largo espejo—, ella acaricia el mentón de cada uno de los Murray. A su modo los quiere a ambos, los necesita a ambos.

La cuadrícula de Manhattan desfila para ella a través de la ventanilla; el escorzo de torres y cristales la hace sentirse a salvo. En el coche, las palabras se entrelazan en fuga. Mike revela su nueva vocación —él también será psicoanalista—, mientras Harry da parte de las batallas entre Binger y Prince en medio del angustioso parto de la clínica psicológica de Harvard.

La limusina derrapa frente al portal del inmenso hotel Victoria, en la Cincuenta y Uno Oeste con la Segunda Avenida. La sorpresa que Harry le tiene reservada: tras la árida planicie del océano, recalar a un paso de las nubes. En cuanto escampe, Christiana podrá admirar la ciudad de juguete que asoma desde el piso 22.

El pacto fraternal se mantiene: una habitación para Mike; una enorme suite para Henry y para ella.

Tras la velada en el Victoria —baño compartido, su desnudez frente al amanecer—, los tres toman el expreso a Boston.

Los hermanos insisten en hablar sobre la clínica. Harry le cuenta a Christiana que, cuando Morton Prince cumplió sesenta y un años, visitó al presidente de la Universidad de Harvard con una propuesta seductora.

—«Así como Charcot tuvo su monumento en vida en París con La Salpêtrière», le dijo, «yo quiero una nueva clínica psicológica». Imagínate. Y, para aliviar cualquier tensión, le dijo que contaba con ciento cuarenta mil dólares para financiarla. El presidente Lowell, su compinche de juventud, lo acogió entre sus brazos.

Pero, como cualquier círculo académico, Harvard esconde un avispero. Edwin G. Boring, responsable del departamento de Psicología, defiende a ultranza su veta experimental y no solo aborrece las fantasías de Freud y sus lacayos, sino cualquier aproximación menos rigurosa que la suya, empezando por los ademanes histriónicos con que su eminencia, el doctor Prince, exhibe a sus pacientes. Y es justo allí, en el santuario de la fe científica que Boring ha construido en Emerson Hall, donde Prince pretende instalar su casa de locos.

—Boring imprecó y vociferó en todas las dependencias de la universidad para frenar el proyecto —cuenta Harry—, pero los ciento cuarenta mil dólares de Prince lo condenaron al fracaso.

H. L. Henderson, uno de los profesores más reputados de la institución, fue quien sugirió a Prince contratar como segundo de a bordo a un brillante joven que, pese a carecer de experiencia práctica o docente, acababa de regresar de Cambridge con un doctorado en Bioquímica: Henry Murray.

—Además, el candidato tiene una gran ventaja —explicó Henderson con un guiño—, es rico y no necesita sueldo alguno por su puesto.

Tras referirle esta historia, Harry invita a Christiana a formar parte de su equipo. Ella advierte en su tono un matiz de reticencia, el mezquino temor al qué dirán y al chismorreo. Para ella sería el paraíso —un trabajo científico al lado de Harry—, pero no tolera la idea de ser vista como intrusa.

—Déjame pensarlo —musita con coquetería.

En Boston, Mike se despide de ellos y prosigue su camino.

Harry y ella se encaminan entonces al apartamento de Memorial Drive, y hacen el amor sobre la alfombra polvorienta, acosados por sillones y mesitas fantasmales. Al terminar, él se incorpora de inmediato, se viste y se acomoda la corbata ante el espejo. Christiana jamás se arriesgaría a pedirle otra hora de su tiempo.

Ya en el descansillo, se besan con premura y Harry se precipita escaleras abajo para no llegar tarde a su cena *en familia*.

Por la mañana, ella abre las cortinas con ambos brazos y su rostro queda cubierto con la punzante luz de Nueva Inglaterra.

Es el mismo apartamento que ocupó dos años atrás —un siglo atrás— antes de mudarse a Gran Bretaña, antes de dejarse arrinconar por Harry, antes de Jung y sus visiones. Qué lejano y qué hueco le resulta ese pasado.

Con una diferencia: entonces Will y Councie caldeaban las habitaciones con sus cuerpos. ¿Los extraña? Pregunta irrelevante: más bien fantasea con quedarse sola para siempre.

En su casa en Boston, ante una taza de té que se enfría desde hace horas, Jo no deja de llorar.

La nuca de Harry reposa sobre el muslo desnudo de Christiana: dormita despreocupado, ajeno al mundo. Ella no descansa. Justo después de hacer el amor —tres orgasmos esta tarde— su mente fragua torbellinos.

Will y Councie llegarán en unos meses, ¿en dónde nos veremos entonces? ¿Qué será de nuestra historia? ¿Seré capaz de continuar paladeando retazos de su tiempo? ¿Debería visitar a Jo para darle albricias por el año que comienza?

Un último hilo de luz desciende sobre sus cuerpos: la amenaza del ocaso y de la inminente partida de Harry. Christiana se yergue de golpe y enciende un cigarrillo.

Él bosteza y tarda en incorporarse. Podrían seguir así por horas —han practicado este juego hasta el cansancio—, pero Christiana no tolera ya las dilaciones. Tras el espeso silencio, una avalancha de reclamos. Como de costumbre, Harry se finge sorprendido, recula, se atrinchera.

—Quiero algo que sea solo nuestro —exige Christiana.
Harry asiente sin convicción—. Búscame cuando lo hayas
conseguido. Y ahora vete.

Harry no se atreve a contrariarla, recoge su ropa como
perro apaleado y se escurre hacia el cuarto de baño.

Christiana ni siquiera lo oye cerrar la puerta antes de marcharse.

Días más tarde, Christiana abandona Emerson Hall y
remonta los adoquines nevados. Atraviesa Harvard Yard,
desafiando la helada —un cielo prístino, impoluto—, y camina hasta su casa tras su primer día de trabajo.

Tal como le prometió Harry, ahora disfruta de un empleo
temporal en la clínica psicológica de Harvard. Un inicio
modesto, sin duda, pero que le concede la oportunidad de
participar por primera vez en su vida de las discusiones académicas reservadas a los hombres. Morton Prince le simpati-
zó desde el principio: un vejete rabioso y energético, un poco
como su padre. Y ella a él. Apenas charlaron unos minutos y
no dudó en contratarla.

Con ello, Christiana ha alcanzado una cercanía privile-
giada con Harry. Ahora los dos forman un equipo: ella ya no
solo es su amante, sino su colaboradora —su inspiradora—,
lo que supone una gran ventaja frente a una mujer tradicio-
nal como Josephine.

¿Se ilusiona? Muy lejos quedó el tiempo en que se empeñaba en conservar a su amiga a toda costa. Ahora solo piensa en el futuro.

En un futuro con Harry.

En su casa en Boston, mientras aguarda que sus hijos
regresen de la escuela, Jo aún no deja de llorar.

Cinco de la tarde. Christiana abandona Emerson Hall y se
dirige hacia Harvard Yard: decenas de estudiantes y maestros la enmascaran con sus cuerpos. Atraviesa Massachusetts

Avenue y en un santiamén se planta frente al 1306, ante un expendio de tabaco.

Ahora no necesita un paquete de cigarrillos —ni se encuentra de humor para fingirlo—, así que simplemente rebusca en su bolso, manosea la llave y la empuja en la cerradura.

Un segundo después, ni rastro de ella. Sube un piso por la escalera trasera, llega frente a la puerta indicada y la abre de inmediato.

Antes de encender la luz, aspira el olor frío que se respira dentro de esos muros blancos, sin adornos. Una pequeña estancia, una habitación, un baño diminuto, los rudimentos de una cocina: el típico estudio de profesor célibe. Christiana abandona su abrigo y su bufanda en una silla apolillada. Se restriega las manos, se dirige a la alacena y descorcha un burdeos. Con una copa en la mano, se desliza hacia la cama.

Cuarenta y cinco minutos más tarde, Henry también deja su despacho en Emerson Hall —para entonces es noche cerrada—, atraviesa Harvard Yard y, escudándose entre colegas y discípulos, también llega al 1306 de Massachusetts Avenue.

Más temeroso e inseguro, él sí se adentra en el expendio y exige a voz en cuello una caja de habanos, como si a alguien fuera a importarle su elegancia. En cuanto el encargado se la entrega, Harry se escabulle por la misma puertecilla que da al rellano y a las escaleras traseras.

Su llave resbala hasta el suelo. Maldice y tarda un siglo en encontrarla antes de precipitarse rumbo a la habitación donde Christiana, ya desnuda, cabecea.

Fantástico escondite: si uno en verdad quiere ocultar algo, debe ponerlo en el lugar más obvio. Delante de la universidad, por ejemplo.

¿Y el alquiler? El discreto apartamento es propiedad de Maurice Firuski, y Henry suele entregarle cheques semanales a cambio de los libros usados que el anticuario le envía a casa.

¿Su secreto? Su travesura de niño malcriado.

Fairfax Hall es un avance —un refugio donde nadie los incordia—, pero a Christiana pronto le resulta insuficiente, y los subterfugios para llegar allí, cada vez más humillantes.

Para colmo, ninguno de los dos se siente satisfecho ni con su relación ni con su trabajo. Jung se lo advirtió: su historia no puede convertirse en una aventura como tantas, una mera reiteración de la infidelidad y el adulterio, eso significaría arruinarla y rebajarla.

Christiana reconoce que se halla en un momento clave: las costumbres se perpetúan, la rutina no tarda en instalarse, la inercia todo lo devora. Antes de que eso ocurra, Harry y ella deben fijar las reglas que los guíen en el futuro: los límites de su acuerdo, las condiciones de su pacto.

Harry prefiere improvisar, dejar las cosas para más adelante. Y Jung me decía que yo era *lírica*, piensa ella. La pasión está allí, también la certeza en su misión; y están el sexo y el placer y el delirio. Sin embargo, Christiana necesita más que eso: cierta estabilidad, cierto —duda en pronunciar la palabra—, cierto *compromiso*. La aceptación conjunta de que el experimento que realizan con sus cuerpos y sus mentes es lo único que importa.

—Jugamos con fuego, Harry, no podemos tomarlo a la ligera.

Para colmo, en estos meses él no ha conseguido escribir una sola página. Según el Viejo, ella realizaría una gran labor para las futuras generaciones si lograba convertir a Harry en escritor, si lo impulsaba a madurar una obra. Ha transcurrido más de un año desde entonces y Harry no ha pasado de acumular borradores.

—No logro concentrarme —se disculpa—. Empiezo un párrafo lleno de fe, a la mitad de la página retrocedo, me embarga la sensación de que solo barrunto fruslerías. Entonces recomienzo, pero la convicción inicial se ha desvanecido. Divago, me pierdo, me distraigo. Qué esterilidad, Christiana.

Ella lo presiona cada vez que lo visita en su despacho.

—Tienes que hacerlo, Harry. No te queda otra salida.

En Fairfax, la situación es todavía más incómoda. Como condición inapelable antes de hacer el amor, Christiana le exige que él lea en voz alta los párrafos que ha escrito por la mañana.

¿Así que esto era una mujer inspiradora?

Aprovechando las vacaciones veraniegas —Jo y los niños se han ido a la casa de campo de los Rantoul y Will de excursión a algún lago—, Henry le ofrece a Christiana pasar unos días en su apartamento neoyorquino. Por primera vez desde Europa, pasan la noche juntos.

Las gotas de sudor perlan los muslos y las nalgas de Christiana: el bochorno sería intolerable si no fuera por los bourbons que Henry ha preparado.

Desde hace cinco días, los dos permanecen desnudos: desnudos se aman, por supuesto; desnudos desayunan y cenan, con esporádicas salidas a la hora del almuerzo; desnudos leen o trabajan. La canícula es lo de menos. Por desgracia, sus peleas y desencuentros apenas disminuyen.

—No podemos continuar así, Christiana, ninguno de los dos lo merece.

Aunque afirma estar de acuerdo, ella vuelve a la carga: quiere un *compromiso*.

—Escribámoslo —insiste, y se precipita por unas hojas de papel, una pluma y un cuchillo de cocina.

Con su frágil caligrafía, Christiana traza el encabezado: *Primer gran reconocimiento*.

—Es tu turno —le ordena a Harry—. Escribe: *reconozco que nuestra relación es primordial*...

Harry se somete a la mirada impetuosa de su amante y escribe: «Reconozco que nuestra relación es primordial».

—*Reconozco que nuestro amor es un ejemplo para el futuro*...

«Reconozco que nuestro amor es un ejemplo para el futuro».

—*Reconozco que nuestro amor es una prueba*...

«Reconozco que nuestro amor es una prueba».

—*Reconozco que tus trances habrán de gobernarnos*...

«Reconozco...»

A continuación, ella dicta una lista de obligaciones; la más relevante, que Harry debe postergar cualquier otra tarea para escribir el Libro.

El Libro de su historia. El Libro de Christiana. La épica de sus trances.

—*Aunque me tome veinte años* —musita ella.

Y Harry escribe: «Aunque me tome veinte años».

Para sellar el pacto, Christiana empuña el cuchillo y le hace una incisión a Harry en el pulgar; con la pluma recoge unas gotas de su sangre.

—Ahora firma con tu nuevo nombre —le dice—. Mansol.

Sin entender, él obedece: «Mansol».

Con su propia sangre, Christiana estampa sobre el documento el nombre que ha elegido para ella: «Wona».

Wona & Mansol.

Nuestro propósito es crear una épica del trance —escribe Mansol días más tarde—. Una voz me ha dicho que ya no puedo vivir sin tus visiones. Los dos trataremos de emprender esta nueva vía. Nuestro foco será una *Épica de tu vida*, que se dividirá en tres partes:

1. un recuento realista de tu vida y tus contactos;
2. tus trances transcritos de manera más o menos poética; y
3. una mirada fría y analítica que tome en cuenta lo que la psicología, la historia y los mitos dicen sobre ellos: el cristianismo y el paganismo en ti, los sexos en ti, la creatividad de la mujer versus los hijos, la emergencia del *nosotros*, etc.

Nunca se ha hecho nada tan grande como esto, pero hoy me siento capaz de hacerlo contigo.

Ve al Libro, me dirás, y eso significará que todo flote a partir de nuestro amor. Condúceme hacia el Libro, Christiana, solo así podré escribirlo.

¿Serás infinitamente celosa y no permitirás que me disperse? Si lo eres, escribiré tu vida así me lleve veinte años: será mi única tarea y alcanzaré con ella una cumbre que nadie ha escalado.

Todo el curso espiritual de la humanidad descansará en ti.

Councie (nadie lo llamará jamás Peter) ha cumplido siete años y para su madre es un espejismo. Permanece en su habitación, tímido y mustio, sin que a ella le perturbe su presencia.

De pronto, Christiana abandona su revista y se coloca de puntillas en un ángulo desde donde espiarlo sin ser vista. Sentado sobre la alfombra, inclinado sobre la cenefa de su cama —biplanos estampados en el rojo—, el pequeño le recuerda a un místico. El niño agita la cabeza de arriba abajo y murmura frases inaudibles. Solo al cabo de un rato, Christiana distingue un par de soldaditos de plomo, paradójico regalo de su padre.

¿Y si hablara con él?, se pregunta. Debería aceptarlo: no sabría qué decirle, no lo conozco, mi hijo es un extranjero.

Hace mucho que la culpa no le escuece: se sabe psíquicamente imposibilitada para relacionarse con el niño. Hay personas de las cuales jamás podremos ser amigos, y a veces esa persona resulta ser tu hijo.

A fin de cuentas, yo no lo elegí. A Will, sí. Por desgracia.

A su regreso de Inglaterra, este se ha inscrito en el programa de Antropología de Harvard, su obsesión por los navajos transformada por fin en una meta. Como parte de sus prácticas, pronto se marchará al suroeste a convivir con ellos por una temporada.

Su amenaza: Christiana tendrá que quedarse a cargo de Councie.

Antes de que llegue ese momento, los Morgan acuerdan mudarse a otro sitio. Ninguno tolera los ecos que aún borbotean entre las paredes de su apartamento y Councie necesita aire libre, un espacio que le permita escapar, así sea por rachas, de la jaula de indiferencia en que sus padres lo mantienen enclaustrado.

Mi querida Christiana Morgan:

Su material es *invaluable* para mí —le escribe Jung en una carta—. Con frecuencia pienso en trabajar con él, porque me parece el más hermoso ejemplo de iniciación. A principios de diciembre, su rostro me atrapó; debí escribirle entonces, pero no había tenido tiempo.

Usted siempre ha sido una realidad viva para mí. En tanto que otros pacientes se desvanecen en el olvido, volviéndose irreales sombras del Hades, usted sigue esforzándose por vivir en mí. Parece haber algún tipo de conexión vital entre nosotros (pero supongo que ya dije eso). Quizá usted necesite una confirmación de mi parte desde el otro lado del océano.

Mi querida Christiana Morgan, usted es una maravilla para mí. No se ría, no hay nada de qué reírse.

Con afecto,

C. G.

Henry toma su chaqueta y su sombrero y le dice a Josephine: «Hoy cenaré con Alfred, no me esperes». (Alfred North Whitehead, el filósofo británico recién desembarcado en Harvard.)

Besa a su mujer en la frente y atraviesa el porche, muy campante. Jo lo despide con la mano: solo en lo profundo de sus ojos se trasluce un pozo de amargura.

Las coincidencias de la vida; la pequeñez del mundo, de *su* mundo. ¿Quién hubiera podido imaginar que el cocinero de la casa de campo de sus padres fuera a ser compinche del conserje del edificio que se localiza en el 1306 de Massachusetts Avenue, justo al otro lado de Harvard Yard?

Jo se desploma en su asiento favorito y se promete callar: solo así podrá saber sin falta cuándo y cómo la engaña su marido.

Si no otra cosa, su descubrimiento al menos significa un avance para ella: ha dejado de llorar a todas horas.

Christiana viaja a Nueva York para su primera sesión con Beatrice Hinkle, una alumna de Jung que este le ha recomendado efusivamente.

La Hinkle la recibe en un salón copado con figuras de porcelana, floreros, miniaturas y tallas de madera. Desde el principio le inquietan sus dientes afilados y su acento monocorde.

Christiana comienza a detallarle sus visiones y trata de contarle cómo se iniciaron en su infancia y cómo las consigue actualmente. A continuación, le habla de sus dibujos y de su posterior agotamiento.

La analista la detiene.

Alarmada, la Hinkle le dice que sus trances no son un camino hacia la individuación, sino una patología: una vía directa a la psicosis. Y la urge a no volver a intentarlos.

Christiana se siente mareada, a punto del vómito.

Se despide a toda prisa y se apresura a tomar el tren de vuelta a casa.

Al llegar, anota en su cuaderno: No deshonraré mi propia experiencia, por peligrosa que sea, ni consentiré el desprecio de esta mujer que, pese a su reputación, representa un regreso a los asfixiantes prejuicios del pasado encarnados en su actitud medrosa hacia mis trances.

Por fortuna, Christiana tiene otras ocupaciones. La clínica no podía permanecer por más tiempo al lado de las hordas experimentales de Boring en Emerson Hall, de modo que Henry y ella han decidido mudarse a una casa de dos plantas en Beaver Street.

Los pintores casi han concluido su trabajo en la recepción; más allá, la sala de juntas luce casi a punto. Christiana se detiene frente a cada obrero y revisa su labor como si le fuera la vida en ello.

—La moldura de caoba está un poco quebrada. Falta pulir las duelas. Y no olvide usted lustrar aquella lámpara.

Mientras los obreros encalan los muros o resanan la madera, ella recorre todas las estancias, el salón de lectura y las seis habitaciones para estudios de comportamiento, los despachos y la biblioteca, los baños y los consultorios para análisis. Imagina dónde colocará los hermosos tapetes persas que ha elegido, así como los muebles que Mansol ha sustraído de la mansión de su familia.

Adora esta tarea que le recuerda sus clases de arte en Nueva York y le permite poner en práctica su talento sin necesidad de sumergirse en la agonía de sus trances.

En los años subsecuentes, Christiana se convertirá en su dueña. Una condición que, ni siquiera en los peores momentos de su relación, Harry se atreverá a disputarle. El ama de llaves de la clínica.

Esa tarde, al salir de Beaver Street, Christiana distingue a lo lejos la elegancia de sus pasos, su insólita pamela, la palidez de sus mejillas. El sobresalto que provocan los espectros.

Demasiado tarde para desviarse.

No tiene más remedio que aguardar y saludarla.

Jo inclina el mentón con su proverbial modestia, ella le da dos besos, musita una excusa inverosímil y apresura el paso.

Jo se queda allí, plantada en medio de la calle. Hace mucho que no llora, pero sus dientes castañean.

El rey ha muerto, ¡viva el rey! Los dos querrían gritar esta frase, pero sería de mal gusto festejar antes de abandonar el cementerio.

Además, Christiana asiste acompañada de Will. Y Henry y Josephine permanecen del otro lado del féretro.

El pastor pronuncia la oración fúnebre ante el presidente de la universidad y la familia del difunto. Un vientecillo cálido acentúa el rubor de los dolientes. «El gran doctor Prince», se oye una y otra vez. «El prohombre, el explorador de la mente, el gran sabio».

Un poco más allá, Edwin Boring luce falsamente compungido. Prince aún no había muerto, y ya le había plantado cara a Harry.

—A usted no lo apoyaré nunca —le espetó de buenas a primeras.

Y no solo eso: de forma apenas velada, amenazó con revelar la relación que Murray sostenía con una de sus empleadas.

Harry le dio la espalda.

Al terminar la ceremonia, Christiana se acerca a él y no evita darle un largo abrazo.

El pésame para quien los viese en la distancia; una muestra de solidaridad para alentarlo en su próxima batalla, en el lenguaje privado que comparten.

Un brazalete rojo = quiero tu cuerpo.

Un pendiente de zafiro = tengo algo que decirte.

Un collar navajo = quiero ayudar en los problemas terapéuticos.

Cuentas rojas = te amo intensamente pero no te necesito.

Un vestido blanco = estoy cansada, callada, deprimida. Quiero tus brazos.

Un collar de oro = estoy exultante, pero no te necesito.

Cuentas de metal de los navajos = estoy trabajando en la clínica, todo en orden. No te necesito.

Perlas = te espero en Fairfax al final de la tarde.

Nada = problemas domésticos.

Tras la penosa experiencia con Beatrice Hinkle, a Christiana no la entusiasma un nuevo análisis, solo que no tiene otro remedio: Harry y ella se han incorporado a la Sociedad Psicoanalítica de Boston y están obligados a proseguir su aprendizaje bajo la guía de dos antiguos miembros del círculo íntimo de Freud. Él, con Franz Alexander; y ella con un hombrecillo que más parece un buitre, Hanns Sachs, quien le ha dicho que le gustaría establecerse en Boston.

Igual que hizo con la Hinkle, Christiana le cuenta sus trances, aunque esta vez se muestra menos enfática. Sachs la escucha sin dejar de aplastarse los mofletes y, a diferencia de su colega, al menos le permite acabar con su relato.

Luego de un sinfín de rodeos y circunloquios —el viejo no traiciona sus antecedentes de abogado—, Sachs coincide con su predecesora: las visiones son aberrantes, falsamente masculinas, y Christiana debe abandonarlas de inmediato.

—Constituyen una manifestación maligna ante su frustración por no ser hombre —le explica como tantos le han dicho antes.

En esta ocasión, ella asiente.

¿Y si todo fuera un error, como tantas veces he creído? —escribe en su diario—. ¿Y si las visiones fueran un extravío o nada valen?

Son ya muchas las voces en su contra. A veces ni siquiera Mansol parece comprenderla. ¿Dice la verdad cuando afirma que los trances constituyen el centro de su historia?

Al regresar a casa, Christiana extiende sus cuadernos sobre la mesa, al lado de sus acuarelas y tintas chinas y su colección de apuntes y bocetos. Furiosa, los barre con el brazo.

Han transcurrido casi dos años desde el *Primer gran reconocimiento* y nada ha cambiado. El libro continúa hueco, las páginas vírgenes; la épica del trance es un escuálido deseo.

¿Qué diablos ha pasado en este tiempo?

Tantas cosas y ninguna. Harry pretexta su nuevo cargo como director de la clínica, así sea con el humillante nombramiento de profesor asistente por culpa de Boring y los suyos, para justificar su demora. Demasiado trabajo, demasiados compromisos, demasiada política.

Del lado de Christiana, Will en efecto ha cumplido su promesa y se ha marchado a Nuevo México con sus indios, de modo que Councie se ha quedado a solas con su madre. En esta ocasión, ella se ha resistido a abandonarlo por completo al cuidado de sus nanas y ha procurado ayudarlo con sus deberes.

Aun así, para Christiana no hay excusa que valga: el Libro es lo primero. Mansol lo juró ese día y desde entonces lo ha jurado otras mil veces.

El Libro, se repite, es lo primero.

Convertida ya en Wona, Christiana inventa una serie de ritos semanales —a los que llama anuestas— que, según ella, les permitirán superar la crisis y el bloqueo. A cada uno de ellos le asigna una fecha y un nombre, y una serie precisa de instrucciones, desde la música que deben escuchar al inicio (acaba de descubrir la grandeza de Sibelius) hasta las oraciones que han de pronunciar antes de hacer el amor de maneras siempre nuevas.

Al *Día de las fieras partículas*, cuando ella le pide a Mansol que acepte el *nuevo maná* que los animará a completar su trabajo (el alcohol que toman en proporciones cada vez más alarmantes), le sigue el *Día de las tempestades*, cuando los dos se obligan a romper con todo aquello que los distraiga del Libro.

Llegan así al anuesta titulado *Día de las confirmaciones*.

Los dos permanecen desnudos, de hinojos, en el frío suelo de Fairfax Hall.

—No es un juego —dice Wona.

—No es un juego —repite Mansol.

—No podemos fallar.

—No podemos fallar.

—El Libro es nuestro único objetivo.

—El Libro es nuestro único objetivo.

Wona vuelve a empuñar el cuchillo ritual. Mansol ya no se retrae, ya no tiembla. Wona besa el cuchillo y se lo entrega.

Él lo recibe y se abre una herida en la muñeca; deja que la sangre escurra hasta un pequeño cáliz. Wona extiende el brazo y él abre la piel en el mismo sitio. Su sangre, más roja si cabe, se precipita sobre la sangre de Mansol.

Las dos sangres se mezclan en una misma sangre: *la díada*.

Wona toma el cáliz entre sus manos y lo extiende frente a sí. Bebe la mitad y le entrega el resto a su amante.

—A partir de hoy —exclaman—, somos Uno.

Sus dedos acarician dulcemente las cubiertas: a Christiana le duele abandonar sus cuadernos al garete aunque sean solo copias. Se arma de valor e introduce los tres volúmenes en el sobre.

La empleada de correos escruta su rostro mientras ella se demora. Sabe que necesita desprenderse del trabajo realizado en esos tres años, arrancar esa parte esencial de sí misma. Pega al fin las estampillas —quién imaginaría a Washington de aliado— y desliza el paquete sobre el mostrador.

—¿Suiza? —pregunta la dependienta.

—Suiza —responde ella.

—¿Zúrich?

—Zúrich. ¿No lo ve allí escrito?

—¿Doctor Carl Gustav Jung?

—Sí, Jung, Jung.

La dependienta arruga el gesto y se marcha con sus cuadernos. Al cabo de dos semanas, el Viejo los tendrá en sus manos, como le ha pedido.

Días después, la guerra.

Primero un ruido sordo; luego, el crujir de las astillas. Nada queda del pequeño jarrón chino que Mansol ha traído de su último viaje a Europa, al que para colmo fue con Josephine. Wona no deja de vociferar ni de estrellar cosas contra el piso. Cuando se pone así, Mansol ni siquiera intenta apaciguarla.

—¿Qué hace esa puta en la clínica? —grita Christiana.

La nariz pequeña, apenas perfilada, suavemente puntiaguda; el cutis impoluto; los ojos verdes; el cabello rubio en largas mechas alisadas; labios delicados, desprovistos de volumen; las piernas torneadas, la cintura ofensiva, las nalgas prominentes, los senos —eso sí— diminutos.

¿Una muñequita?, ¡una bruja!

Eleanor Jones, amiga y cómplice de la segunda esposa de Conrad Aiken.

Harry le asegura a Christiana que la ha contratado solo para darle gusto a su amigo.

Al parecer, la pobrecita sufre mucho en su matrimonio: su esposo no comprende sus aspiraciones artísticas, no valora la dimensión de su talento. La princesa escribe historias de fantasmas, cuentos góticos, ¡qué primor! La rubita inocente revela en sus ficciones la turbiedad de su espíritu. ¡Farsante!

Mírala nada más: las piernas juntas, el rubor en las mejillas, sus vestidos ajados, su expresión de desconsuelo. Estas son las peores —piensa Christiana—, las que proclaman con todo su cuerpo, calladamente, su condición de víctimas: *ayúdeme, por favor, se lo suplico, ¡ay de mí, cuánto sufro!* Y los hombres, tan estúpidos, tan primitivos, se tragan el anzuelo.

—¡No la quiero allí! —le exige a Harry—. Te conozco: no le quitas los ojos de encima. Odio tu disimulo, la forma como pretendes enmascarar la atracción que sientes por ella. Preferiría que me confesaras tu infatuación: acordamos ser libres de satisfacer nuestros deseos. Pero esto es otra cosa, Mansol, ¡vete con ella a otra parte, no la tolero, en verdad no la tolero!

Días después, no es un simple jarrón y el campo de batalla no es Fairfax, sino la propia clínica. Los volúmenes caen al suelo uno tras otro como los ladrillos de un torreón que se derrumba. Nietzsche, Melville, Freud, Jung, Adler: las víctimas.

—Si así lo quieres, Mansol, así será.

Culminada su labor demoledora, Christiana abandona la biblioteca y se dirige a uno de los consultorios. Descubre allí a un joven espigado, no hermoso pero al menos joven, un filósofo protegido de Whitehead recién incorporado al equipo de Harry.

El muchacho la mira con los ojos muy abiertos. Christiana se le acerca y, en un tono que nada tiene de insinuante, le pide que la acompañe por una copa.

Esa misma tarde se acuesta con él.

Ralph Eaton, su revancha.

Su cuerpo delgado, blanquísimo, se recorta contra la opaca luz de la ventana; los brazos abiertos, los pectorales apenas insinuados, el ombligo indecente, el sexo enhiesto: un sátiro adolescente esculpido por los griegos. Desde la cama, recostada como sibila o pitonisa —Ralph, su sacerdote—, Christiana lo observa, fascinada por esta posición de fuerza que el joven filósofo se obstina en concederle. La matriarca y su discípulo.

A partir de entonces, él todos los días baja a su despacho, le regala un papelito con un poema de amor o una cita clásica y, pasadas las nueve de la noche, toca a la puerta de su casa.

Councie duerme.

Entre los dos agotan un par de botellas de vino y otra de whisky. Ralph cumple sus órdenes sin chistar, justo lo que ella necesita en una época tan confusa como esta. Quizá así esté bien: una temporada sin la díada.

Mansol con la bruja; ella con su filósofo.

No ha pasado ni un mes desde el inicio de su relación, pero Ralph insiste en hablar seriamente con Christiana. Ella sonríe desde su trono de almohadones. Una mueca de ansiedad se dibuja en el semblante del muchacho.

—Esto es serio —insiste él con un tono más severo—. Lo que ocurre entre nosotros es único, Chris, una pasión así no se encuentra a diario. Estoy dispuesto a darte todo lo que quieras. Soy tuyo.

Christiana vuelve a sonreír: el buen Ralph con su piel de bebé y su retórica de anciano.

—Seré tuyo para siempre, Christiana. Pero exijo lo mismo de ti.

Christiana vuelve a reír; él se abalanza sobre ella y la toma por las muñecas. El juego ha concluido.

—El amor absoluto exige una entrega absoluta —prosigue el filósofo, platónico— y una fidelidad también absoluta. Yo estoy dispuesto a dártela, Christiana, y espero lo mismo de ti. Tu marido está lejos, sé que no te importa, pero debes abandonar a Murray.

A Christiana el espectáculo ha dejado de resultarle divertido —el inconveniente de acostarse con un niño—, se libera de él y comienza a vestirse.

—Si quieres seguir viéndome, tienes que dejar a Murray.

—Muy bien —responde ella—, entonces es mejor que te largues.

Ralph intenta abrazarla, Christiana lo esquiva.

—Eres una puta —le grita Ralph, y Christiana planta una bofetada en su mejilla adolescente.

El filósofo recoge su ropa y se dispone a abandonar la casa de los Morgan. Christiana imagina el rostro del muchacho cubierto por el llanto.

Querido Lewis:

Más allá de varios sobresaltos del corazón —le escribe Henry a Lewis Munford, quien se ha convertido en uno de sus corresponsales más frecuentes—, en realidad no me liberé hasta 1925, a los treinta y dos años. Desde entonces he viajado frecuente y subterráneamente en la pasión, y de alguna manera he logrado mantener una relación dual:

esta es la razón de mi falta de energía para escribir. He llegado a ver este estilo de vida, debido a su irrefrenable intensidad e integridad, como algo permanente.

Y entonces, de pronto, este invierno apareció algo nuevo. Un nuevo genio. Y, en consecuencia, me encuentro en un vórtice de complejidades.

Mi dificultad presente es la situación con C. No sé cómo dejarla sin hacerla pedazos. Jo es siempre leal, desaprueba mi conducta pero mantiene conmigo la estructura original de la vida, su consistencia terrestre.

Pronto verás, querido Lewis, un relato de Eleanor en el número de octubre de *Harper's*. Dime qué piensas, se titula «La cesta».

Tuyo,

HARRY

Esta vez Ralph no toca el timbre: los puñetazos deben de oírse en todo el vecindario. Christiana enciende la lamparilla y mira el reloj que descansa en su mesa de noche —tres de la mañana—, se envuelve en una bata y se apresura escaleras abajo ante el temor de que el ruido despierte a Councie.

Por el visillo columbra el perfil amoratado de Ralph, escucha sus bufidos en medio de la helada. Abre la puerta y el joven se introduce en su casa sin permiso.

El filósofo se desploma sobre un sillón y se cubre la cara con las manos.

—¿Estás bien, Ralph?

No hay respuesta.

Christiana se le acerca —la piel del chico, un incendio—, Ralph salta sobre ella, la arrastra al suelo, incluso con su cuerpo de niñita consigue dominarla. El filósofo no escucha sus quejas, pasa su mano debajo de la camisola hasta su vulva; él mismo se abre el pantalón, extrae su sexo, la penetra. Christiana aprieta los dientes pero no suelta ni una lágrima.

Una vez que el muchacho ha quedado satisfecho, se separa de ella, se tiende a su lado sobre la duela y comienza a llorar. Más que lágrimas sordas, un gemido. Ella envuelve el cuerpo ovillado de su agresor con su propio cuerpo.

—Pobrecito mío —le susurra.

¿Cuánto tiempo pasan así? Todavía no han aparecido los primeros brotes del amanecer cuando Ralph se incorpora de un salto.

—¿Por qué me haces esto, Christiana?

Ella se acomoda la ropa, el pelo enmarañado.

—Me engañas con Murray. Te vi con él. ¿Cómo pudiste, Christiana? Lo habías prometido.

Christiana toma aire e intenta sonar conciliadora; él vuelve a llevarse las manos a la cabeza. Fuera de sí, el muchacho huye como tantas otras veces y se pierde en la madrugada.

Cuando se apresta a volver a su cama, Christiana descubre a Councie al pie de la escalera.

Querido Conrad:

La situación presente es demasiado complicada —le escribe Harry a otro de sus amigos, Conrad Aiken—. Eleanor es dulce, austera, llena de talento. Hacía mucho que no disfrutaba tanto de la compañía de una mujer: nada de peleas, una íntima complicidad, una paz inédita. C. en cambio no se arredra: me impone su deseo aunque yo no lo comparta. No sé qué hacer, tampoco quiero arriesgarme a destruirla, tendrá que ser poco a poco. En vez de una vida dual, una vida triple —triple pesadilla—, ¿podré resistirlo? ¿Podrán resistirlo ellas?

Y, mientras tanto, la esterilidad de la escritura. No sabes cómo envidio tu persistencia y tu disciplina. Mi Melville sigue siendo un amasijo. Prometo enviarte el

primer capítulo en unas semanas, no dudes en decirme lo
que piensas.

Lo mejor,

H.

—El problema excede ya el ámbito privado —le dice Harry a
Christiana mientras chupa su cigarro—. Lo de ayer fue intolerable, un desfiguro en mitad de una reunión académica, no
sé cómo pudo llegar a esto. Ese muchacho no puede seguir
aquí, el escándalo no tardará en llegar a Boring. Lo mejor será
mandarlo lejos, un viaje de estudios con el Viejo.

Christiana duda.

—Jung me pidió que le enviara a alguien de la clínica.
Ralph puede estar desequilibrado, pero es un individuo de
talento. Es la mejor salida que tenemos. Le escribiré esta misma tarde.

Christiana asiente. No le parece en absoluto buena idea
—otro de sus amantes analizado por el Viejo—, pero no se le
ocurre otra salida. Lo más importante es alejar a Eaton de su
lado.

Mientras tanto, en Zúrich, Jung presenta su nuevo seminario.

—Nuestra paciente es una mujer de alrededor de treinta años —explica en un inglés cuidado, apenas pedregoso—,
altamente educada, una típica intelectual con una mente casi
matemática. Por educación, es una científica, excesivamen-
te racional. Posee una gran intuición que en realidad debería funcionar, aunque la mantiene reprimida porque descansa
en resultados irracionales. Esta mujer quedó atrapada en el
hoyo hacia los treinta, está casada, propaga la especie, todo
parece correcto, y sin embargo permanece aislada. Entonces compensa su falta de relaciones personales con una relación mágica, una *participación mística* representada como un
amor a primera vista o como la forma más absoluta del amor.

Es casi natural que nuestra paciente tenga estos problemas, son consecuencia del conflicto entre su pensamiento racional y su naturaleza primitiva.

Más que un huracán o una tormenta, un infinito océano sin olas. Una planicie azul, sin playas ni confines. Una oscura inmensidad inabarcable. Nada se mueve, el viento es un espejismo, el aire un bochorno pegajoso.

Christiana intenta mover las piernas, incorporar un poco la cabeza, abandonar la cama aunque sea para ir al baño. No lo consigue. Se siente encadenada. Una plancha invisible aplasta sus costillas.

Hace más de una semana que no asiste a la clínica: un resfrío atroz, le contó a la secretaria. Harry la ha llamado un par de veces para saber cómo se encuentra. Hasta ahora le ha creído: ni siquiera se le ha ocurrido visitarla, ha de estar muy ocupado con la bruja.

Christiana hace un esfuerzo inaudito para incorporarse; el dolor de cabeza no remite. La angustia escala hasta su garganta como una legión de hormigas: el picor de sus patas, sus mordidas diminutas e insidiosas.

Le prometí a Frances Wickes que iría a visitarla —escribe en su cuaderno—. Por fin una analista que, si no me comprende, al menos finge hacerlo. La última vez me recomendó justo lo que yo quería escuchar: dejar la clínica hasta que se aclaren las cosas. Aún no me he atrevido a decírselo a Harry, no sé cómo reaccionará, temo que lo apruebe sin tratar de disuadirme. ¿Cómo podría entrevistar a más sujetos si no consigo mantenerme alerta?

Christiana se arrastra hasta el WC: un chorro entrecortado, maloliente. ¿Y si se quedara allí toda la mañana? Louise no tardaría en encontrarla, la acompañaría de vuelta a la cama, le tomaría la temperatura e impediría que, al volver de la escuela, Councie encontrase a su madre cubierta de excrementos.

Pasan las semanas y Christiana no pisa la clínica. Un resfrío muy prolongado.

No puedo evitarlo, no resisto la idea de ver a Mansol en el estado en que se encuentra —escribe—. La bruja es lo de menos: contemplarlo así, pequeño y triste, desprovisto de voluntad y a su servicio, es lo que no tolero. Prefiero quedarme en casa con mi diario y mis acuarelas, con mis tallas en madera y en piedra. Los trances también se han desvanecido, como si la pérdida de Mansol significase la inmediata extinción de mis poderes.

En realidad, Christiana no echa de menos sus visiones: los reclamos de la Hinkle y de Sachs han terminado por hacer mella en su espíritu. Ahora por lo menos se siente más calmada, menos irritable.

Además, ha vuelto a ver a sus pacientes: acuden a su casa tres veces por semana, ella los escucha y los aconseja, liberada ya de la obligación de consolarlos o salvarlos. Y por fortuna conserva las charlas con Saul Rosenzweig, uno de los asistentes de Mansol: un joven firme e inteligente que, a diferencia de Eaton, no intenta seducirla.

¿Y si esta fuera su vida en el futuro?

En momentos como este, sola con sus apuntes y sus libros, despojada de esa pasión que tanto la ha modelado y tanto la ha destruido, aspira a una existencia normal y rutinaria. ¿Por qué habría de estar siempre condenada a arder hasta quedar en cenizas?

Poco después de su colapso —así lo define en su cuaderno—, Christiana escribe el esbozo de un largo artículo sobre el *claustrum*, la fantasía del espacio cerrado.

En un par de páginas, analiza el caso de un paciente masculino, a quien bautiza como Chris: un hombre más o menos de su misma edad, segundo de tres hermanos —doble coincidencia—, a quien desde la infancia atormentan imágenes de encierro. Según ella, su obsesión esconde el deseo oculto de regresar al vientre materno.

Escribe: «Se trata de un claro tipo introvertido que necesita construir cielos artificiales para sentirse a salvo. El entorno geográfico de la fantasía (cavernas, grutas y ataúdes) aplaca la ausencia de la persona amada».

El artículo concluye con estas palabras: «Debido a las similitudes entre el nacimiento y la muerte, o más precisamente entre la muerte y la condición paterna del inconsciente, y debido a la cercanía de la pasividad y la muerte, el sujeto puede llegar a preocuparse por su propia extinción, e incluso podría considerar una muerte pasiva, como ingerir una droga o ahogarse en el océano».

En primavera, agotado por esa vida triangular que lo destruye, Harry emprende un inesperado viaje a Europa.

Mientras Jo renueva su vestuario en París, él se traslada a Zúrich para visitar al Viejo. No sabe si contarle sobre Eleanor, pero está decidido a hablarle de Christiana, de su depresión y de su ruptura previsible.

A diferencia de otras ocasiones, esta vez el Viejo lo invita a su santuario, la torre que se ha construido en la otra orilla del lago para escribir y meditar y, en ocasiones especiales, encontrarse con Toni. Harry observa la poderosa construcción y, como sostienen los freudianos, la envidia lo consume. Pero, una vez allí, Jung no simpatiza con su caso.

Harry abandona la ciudad con una sensación de derrota.

Un par de semanas después, es Ralph Eaton quien llega a Zúrich.

Hace ya nueve meses que Jung se reúne con su séquito para estudiar las visiones de la mujer innominada. Semana a semana el maestro estudia sus dibujos, recita los textos que acompañan a cada imagen, se adentra en sus misterios, exhibe sus debilidades y sus torceduras.

Su gigantesca erudición puesta al servicio de esos trazos pasmosos y esqueléticos: de la mitología grecorromana a las sutilezas del tantrismo, de las confusiones bíblicas a las enrevesadas épicas de China o de la India, de las tinieblas prehistóricas a los desarreglos de la literatura contemporánea, todo le sirve a Jung para descifrar las confusiones de la *mujer velada*.

Al término de su exposición, siempre en inglés para satisfacer a su público extranjero, Jung cede la palabra a los oyentes y entabla con ellos un diálogo que se extingue a la hora de la cena. Entre los más vivaces, comienza a destacar un joven profesor de Filosofía de la Universidad de Harvard, quien no pierde la ocasión de intervenir en todas las sesiones.

Jung le ha tomado al muchacho cierto aprecio: Henry Murray se lo recomendó alabando su lucidez y su frescura y, al menos en este punto, no se ha equivocado. Eaton le recuerda a un héroe trágico, por eso en vez de dejarlo en manos de Toni u otro de sus discípulos él mismo se ofreció a analizarlo.

¿Sabe el Viejo que se trata de un antiguo amante de Christiana? El frenesí del muchacho se lo confirma.

Lejos de ella, Eaton se empeña en hurgar en su inconsciente. Jung no tarda en reprenderlo, pero él se defiende argumentando que no ha viajado hasta Zúrich para apoderarse de ese sucedáneo de Christiana, sino por el genuino interés que le despiertan sus visiones.

El maestro decide no arponarlo más y entre los dos se establece una suerte de tregua. O, más bien, un juego perverso: pasar horas y horas hablando de Christiana sin nombrarla.

Durante el análisis, Jung descubre en el filósofo la misma capacidad para sumergirse en el inconsciente que detectó antes en ella. Eaton posee una mente lábil, dispuesta a arrastrarse hasta las zonas más oscuras de sí mismo. Y decide ensayar con él, una vez más, la imaginación activa.

En la angustiante persecución de sus arquetipos, el filósofo se interna en un bosque de elfos y demonios, criaturas nocturnas que lo guían o lo persiguen como antes guiaron o persiguieron a Christiana.

La última tarde antes del verano —en la sesión anterior el profesor Hauer se obstinó en relacionar a la serpiente Kundalini con el nacionalsocialismo—, Jung es recibido por los miembros de su seminario con un gran ramo de rosas. A partir de ese gesto, el maestro diserta sobre la fiesta de San Juan, que se celebra ese mismo 24 de junio, y su carácter especular frente al nacimiento de Jesús el 24 de diciembre.

Tras una densa exposición de los símbolos cristianos, Jung da por concluido el seminario hasta el próximo noviembre.

Más nervioso que de costumbre, Eaton no evita formular una pregunta que Jung responde con premura —algo sobre Eros y Tánatos—, sin tomar en cuenta el repentino tartamudeo del filósofo. Sin despedirse del maestro, Eaton se apresura a llegar a su posada, empaca sus cosas y se dirige a toda prisa a la estación.

Aquella tarde aún debería presentarse a una última sesión de análisis con Jung, pero la ansiedad lo impulsa a huir en busca de Christiana.

Querido doctor Murray:

Lamento que Christiana no haya tenido éxito en su búsqueda, o quizá tuvo éxito y ni siquiera lo sabe, lo cual, ay, es una derrota igual de significativa. En cambio, no puedo lamentarme por usted, pues aprendió de ella y ahora quiere deshacerse de la molestia, de alguien que de pronto se convirtió en un incordio.

Usted no aprendió la única cosa importante a través de Christiana, más allá de la cual no existe otra experiencia; por tanto, está obligado a intentar lo contrario mientras los años se consumen y poco a poco algo comienza a orientarse en usted. Si lo descubre, podrá compartir esa conciencia; si no, quedará aún más atrapado en eso que los ciegos llaman la liberación. En cualquier caso, mantenga los ojos bien abiertos y trate de ver el símbolo de esta nueva realidad.

Suyo,

C. G. JUNG

P.S.: En lo que concierne a Christiana, no hay nada que hacer, excepto decirle la verdad tan cruda como es: una mujer sufre una relación que existe tanto como una que no existe, y ambos hechos son igual de buenos o malos para ella. Que haya ido a ver a Frances Wickes muestra algo débil e infantil. Ella clama por su madre, todo lo que es inconsciente la devuelve al mar, donde todo se originó. Espero que todo esto no signifique su disolución final.

Por su parte, Ralph escribe un centenar de cartas dirigidas a Christiana que no se atreve a enviar por correo, temeroso de que alguien llegue a interceptarlas, y prefiere acarrearlas de un lugar a otro. Su amor, todo su amor, descansa en esa profusión de reclamos, llamadas de auxilio, chantajes, súplicas y poemas.

A principios de septiembre, el joven filósofo está de vuelta en Harvard: un espectro maloliente en los pasillos.

Desde que huyó de Zúrich, una mano lo asfixia por las noches. Las visiones no han vuelto a darle tregua; antes él las convocaba siguiendo las instrucciones del maestro, pero ahora lo asedian a todas horas, en la vigilia y en el sueño, al mediodía y en la madrugada. Las mismas uñas sanguinolentas, los mismos bíceps aceitados, las mismas vergas dispuestas a encularlo.

No se ha atrevido a buscar a Whitehead, su protector, por temor a una reprimenda; tampoco a Christiana.

Deambula de aula en aula, recala bajo los árboles del cuadrángulo, dormita junto a las estanterías de la biblioteca.

Reconoce su pánico, pero no cree que exista una medicina capaz de aliviarlo.

Una mañana, tropieza con Murray. Lo saluda y lo esquiva de inmediato: sus ojeras y su desaliño son más que evidentes. Henry no tarda en comentar su estado con Christiana.

—Eaton ha vuelto —le dice—, luce peor que nunca, hay que vigilarlo.

Ella no se siente mejor: quizá en algún punto los dos puedan reconciliarse, restañar juntos sus heridas.

Se equivoca. Dos noches más tarde, Eaton se presenta a su puerta como antaño. Will está en casa, agobiado por un dolor de muelas, y Christiana no tiene más remedio que exigirle que se vaya.

El filósofo no entiende razones, lanza un escupitajo y se adentra en el vendaval. Solo se detiene al llegar a la autopista y se planta justo en medio, en espera de la velocidad que extirpe su agonía. Un profesor de Harvard lo reconoce e insiste en llevarlo a casa.

Al día siguiente, Christiana lo visita.

Él la recibe medio desnudo, sin afeitar, preocupado por espantar una mosca cuyo zumbido ella no distingue.

—Necesitas ayuda —le dice Christiana.

Eaton no la escucha, o la escucha y la desprecia.

—Si quieres puedo acompañarte a la clínica —insiste ella.

Tal vez mañana   contesta Ralph, antes de cerrarle la puerta en las narices.

Después de escuchar sus delirios por teléfono —las llagas en mi espalda, la sangre a borbotones, el gigante que me penetra—, Christiana le pide a Harry que la acompañe al departamento de Ralph.

Lo descubren convertido en un niño de brazos, escondido bajo la cama, mordiendo un trozo de tela, sucio y demacrado. Más que eso: diminuto.

Cuando Harry lo ayuda a incorporarse, Eaton lo rasguña en la frente y se aferra a su almohada. Harry pide una ambulancia. Mientras esperan, Christiana reacomoda la habitación para conferirle una apariencia más digna.

Luego, ella se aproxima a Ralph, acaricia su cabello pringoso, sus mejillas gélidas y hundidas. Los ojos del filósofo recobran cierto brillo. Pero, cuando Harry se aproxima, Eaton masculla maldiciones o vuelve a hablar del gigante, de la sangre y sus heridas.

Los camilleros consiguen montarlo en la ambulancia que habrá de llevarlo al sanatorio. Lo internarán de inmediato en espera de un diagnóstico preciso. «Psicosis», sugiere un paramédico.

Una vez que Eaton se ha marchado, Christiana se refugia en los brazos de Mansol. Harry la estrecha con fuerza. Besa sus mejillas y al fin sus labios.

Un beso que es como el primero: eterno y desamparado.

En Boston, recostada en su cama amplia y fría, Jo otra vez no deja de llorar.

Una cortina de niebla oscurece los monstruos acuclillados en los troncos: aquí, unos ojos enrojecidos; allá, el escorzo de unas fauces; más lejos aún, decenas de uñas puntiagudas. El filósofo repta y se pertrecha en la enramada.

¿Cuántas millas habrá recorrido desde que escapó de sus guardianes? Poco importa: está obligado a continuar por esta senda a merced de las bestias y su ira. Salta, distingue un claro, tropieza con unas rocas.

Los dementes se extravían siempre en círculos, pero él sabe perfectamente adónde se dirige. Su meta no puede estar muy lejos.

¿En el manicomio habrán reparado ya en su fuga? ¿Una cuadrilla con sabuesos husmeará ahora sus pasos?

Eaton mira hacia un lado y hacia otro. En lontananza, distingue las luces de la casa de campo de los Murray.

No duda.

Se desabrocha el cinturón y lo cuelga velozmente de una rama.

El ácido verdor del cementerio —escribe Christiana en su diario—, ¿no se dice que los suicidas no deben reposar en tierra consagrada? Distingo a Harry y Jo a unos pasos. Ella lloriquea como si lo hubiera conocido. ¿Aspira a robarme una culpa que solo a mí me pertenece? ¿Por qué Ralph se mató en Topsfield y no cerca de *mi* casa? Su cuerpo enclenque, pálido, de niña; su sexo amoratado. ¿No es el suicidio la única decisión libre, no es eso lo que afirman los filósofos? ¿Me amaba? ¿Puede amarse en la demencia? Ralph se quitó la vida por despecho, por despecho *de mí*. ¿Qué debería hacer yo entonces frente al mío? Seguiremos siendo dobles. Pero yo no quiero una muerte en la penumbra, como la suya. Si uno ha de cumplir con su destino, al menos debería hacerlo a plena luz.

No es Harry sino la bruja quien al final rescata a Christiana.

Cansada de ocupar solo una tercera parte de su vida, y acaso menos que eso, la prometedora autora de relatos góticos le lanza a Harry un ultimátum: la misma prueba que meses antes Ralph le exigió a Christiana.

O ella, o yo.

Harry está ciegamente enamorado de Eleanor, pero las decisiones drásticas no están en su naturaleza.

Muy digna, apenas sonrojada, Eleanor le anuncia entonces su partida: da media vuelta y al día siguiente abandona Boston para siempre.

Destrozado, Harry se deja consolar por Josephine.

Y por Christiana.

II. LA TORRE (1933-1943)

Tras la muerte de Ralph y el abandono de Eleanor, arduamente Henry y Christiana reconstruyen su cercanía.

De un día para otro, la díada se transmuta otra vez en su epicentro.

Ella regresa a la clínica y no solo se concentra en mejorar la atmósfera de trabajo —en animar con su vitalidad a investigadores y pacientes—, sino en diseñar rutinas que garanticen el éxito de sus investigaciones: si no la armonía cotidiana, al menos encuentra la pasión resucitada que empequeñece los conflictos.

En julio, Harry y ella regresan al apartamento de Nueva York. Allí, Christiana conduce un ritual que bautiza como *La compasión del amor.*

La díada —suscriben los dos en una especie de manifiesto— se desarrollará a partir de ahora en tres fases sucesivas: los trances de Wona seguirán constituyendo el corazón de nuestra historia, pero de los trances hemos de pasar a la sinergia, la individuación dual que el Viejo jamás ha comprendido. Por último, iniciaremos la *Proposición*: nuestro amor fijado a través de la palabra.

A continuación, se desnudan en una especie de danza, y se abrazan largo rato, contenidos e inmóviles.

Frente a los ventanales abiertos, el denso claroscuro de Manhattan. Bajo su protección, se abren uno al otro en carne viva.

Más que entregarse, se aniquilan.

Cada uno se destruye por voluntad propia, se despoja de sí mismo, se reduce a un vacío dispuesto a ser colmado.

Wona arde y Mansol aviva el fuego. Mansol se transmuta en tierra húmeda y Wona la huella con sus pasos.

No dos cuerpos: dos agonías.

Como escalar la cumbre más alta sin oxígeno o despeñarse a plomo en el lecho del océano.

Una suerte de torpor —afuera, el brillo incandescente de la tarde— contagia el aula. El profesor ha concluido su laboriosa exposición, valiéndose de ejemplos provenientes de la literatura y la mitología.

Y Melville, siempre Melville.

Aun así, no consigue desatar el interés de los alumnos. ¿A quién podría importarle la imaginación activa a estas horas de la tarde?

Ninguno de sus discípulos alabaría de buenas a primeras las dotes didácticas de Murray, aunque ninguno se atrevería a negar su dedicación o la originalidad de sus ideas. Él mismo cabecea: preferiría marcharse en busca de Christiana. El polvillo de la tiza se alza en una nube.

Cecilia Roberts, una alumna morena, un tanto exuberante, interrumpe el bochorno: ya en otras ocasiones ha desatado la hilaridad del auditorio con la candidez de sus preguntas.

—Profesor, ayer, cuando volví a casa, encontré a David, mi hijo de seis años, más locuaz que de costumbre (ha de venirle de familia, piensa Harry) y nos contó un sinfín de historias, a cual más enrevesada. Más tarde, cuando mi esposo y yo conseguimos dormirlo, descubrimos que había pasado toda la tarde hojeando los ejemplares de una de las revistas que se empolvan en nuestra habitación por culpa de mi marido. (Sí, sí, prosiga.) Entonces se me ocurrió una idea, no sé si muy tonta o impracticable. (Ha de serlo, pero, por favor, no se detenga.) ¿Sería posible utilizar esas fotografías para despertar la imaginación activa en un ambiente terapéutico?

Murray escruta sus ojos de ardilla sin que ella comprenda si su pregunta ha sido un disparate o una muestra de agudeza.

—Déjeme pensar en ello —le responde—, por lo pronto terminemos con esta sesión, ya no soporto el brillo de la pizarra.

Un par de horas más tarde, desnudo en Fairfax, transformado ya en Mansol, Harry narra la inquietud de su discípula. Christiana, o más bien Wona, igualmente desnuda, no tarda en atisbar la potencial relevancia de la técnica.

En vez de obligar a sus pacientes a dibujar sus obsesiones —como el Viejo hacía con ella—, podrían desatar su imaginación por medio de fotografías o dibujos.

Al constatar el entusiasmo de Christiana, Mansol, convertido otra vez en Henry Murray, comprende que la propuesta es brillante, brillantísima. ¿Cómo no se le ocurrió antes?

Una imagen puede desatar la identificación del sujeto, que, sin oponer resistencia, revelaría de este modo sus patrones inconscientes: una especie de psicoanálisis instantáneo, la prueba de personalidad que Christiana y él —no, él y Christiana— siempre han perseguido.

—¿Habrá aquí alguna revista? —pregunta Mansol.

Unos ejemplares de *Time Life* se pudren en lo alto del armario.

—Chris, busca fotos que contengan una, a lo más dos figuras humanas; recórtalas y pégalas en la cartulina. Mañana mismo podríamos ensayar con los voluntarios de la clínica.

Christiana empuña las tijeras y amenaza a una modelo de Dior que a sus ojos se revela demasiado melancólica.

—La clave estaría en fijar ciertos parámetros para evaluar a los sujetos de forma más o menos objetiva —apunta ella.

Murray coincide y, como dos niños obligados a cumplir con sus deberes, pasan el resto de la tarde acuclillados sobre la alfombra recortando anuncios de pieles, coches, ungüentos y jabones.

La primera voluntaria es un espíritu desprovisto de carne: una mujer solo costillas, pómulos y clavículas. Christiana intenta no fijar la vista en su ofensiva inexistencia. Veintidós años, erráticos empleos de mesera y recepcionista, familia desmembrada, padre abusivo, madre corrosiva.

Harry le ha confirmado que la chica padece una enfermedad cuyo nombre ella no había escuchado antes: anorexia. Un desorden alimenticio que al parecer deriva de un desarreglo psicológico. Como sea, la paciente ha dado su consentimiento para ser sometida a la prueba.

Christiana coordina los trabajos desde el inicio: la pertinaz búsqueda de fotografías, su clasificación, los criterios con los cuales habrá de ser evaluado el sujeto.

¿Qué pretende Christiana? Que, al ser confrontada con esa colección de imágenes ambiguas, la joven filtre su propia historia.

¿Cuántas imágenes debe mostrarle? Para reducir el margen de error, al menos una docena.

A Christiana le corresponderá, como intérprete, discernir los patrones, los temas, los complejos y las tendencias inconscientes que acumulen los relatos.

—Algo así como transformar a los pacientes en novelistas —ha bromeado Saul Rosenzweig.

En efecto, la tarea recuerda la de un crítico literario que estudia los entresijos y obsesiones de un escritor célebre.

—Este es un ejercicio de imaginación, que es una de las formas de la inteligencia —le advierte Christiana a la joven anoréxica—. Voy a mostrarte una serie de imágenes y a continuación tú deberás decirme lo que ocurre en cada una de ellas, quién es su protagonista, cuál es su historia, y cuáles son sus deseos y emociones, ¿me comprendes?

La chica asiente.

Christiana extrae la primera figura: no se trata de una foto de revista, sino de un dibujo que ella misma ha preparado. Tras un largo silencio, ha vuelto a empuñar el carboncillo, ya no para ilustrar sus propios trances, sino para provocar la fantasía de sus pacientes.

La silueta de una mujer enfundada en un abrigo, muy cerca de una puerta, muy en el estilo simbolista de la Liga de Estudiantes de Arte, permanece frente a la muchacha unos segundos.

—Muy bien —le dice Christiana, devolviendo el dibujo a la carpeta—, ahora cuéntame su historia.

La chica balbucea un inicio incomprensible.

—Es una mujer solitaria, su marido recién la ha abandonado…

Christiana no la presiona, solo mira de frente esos ojos acuosos, los fríos ángulos del cráneo.

De improviso, la chica toma fuerzas y detalla la vida miserable de la protagonista, los abusos que sufrió de pequeña, la decepción, la ira y la tristeza que padece tras haber sido abandonada por un vendedor de bienes raíces.

¡Estupendo!

La siguiente imagen proviene, ahora sí, de *Time Life*: un hombre musculoso frente a una línea de ensamblaje y, en segundo plano, una mujer que se marcha.

La muchacha improvisa de nuevo —la delgada tela de sus mejillas se enrojece— sobre esta pareja que una vez más acaba de pelearse.

—Sin duda ella termina abofeteándolo.

Continúan así a lo largo de cincuenta minutos. Al concluir, paciente y examinadora se muestran exhaustas.

Al analizar las respuestas, Christiana no tarda en comprobar el poder de su teoría. Sin apenas darse cuenta, la muchacha ha hablado más sobre ella misma —sobre sus temores, sus angustias, sus expectativas, sus deseos— que en ninguna sesión de psicoanálisis. *Quod erat demonstrandum!*

En su versión más avanzada, el Test de Apercepción Temática (TAT) se convierte en una prueba narrativa capaz de exhibir los patrones ocultos del sujeto a quien se aplica.

Tras meses de ensayos y experimentos, Henry y Christiana conciben un detallado protocolo y una precisa serie de indicadores para medir sus personalidades. La vieja idea de Jung convertida, por fin, en una herramienta científica, objetiva.

Con la ayuda del personal de la clínica, los dos eligen veinte imágenes, divididas en dos series (seis de las cuales son dibujos de Christiana). Estas deben aplicarse en dos sesiones, a lo largo de cincuenta minutos, de modo que el paciente cuente con cinco para cada una.

Para analizar los resultados, Henry y Christiana establecen cuatro vectores: la figura del *héroe*, es decir, el personaje en cuya historia se fija el narrador; a continuación, sus *motivos*, sus *tendencias* y sus *sentimientos*. Lo primero que debe hacer el intérprete, pues, es descubrir con quién se identifica el sujeto que está siendo examinado.

A continuación, el intérprete debe relacionar las constantes de los veinte protagonistas desarrollados por el sujeto (uno por cada lámina), a través de una lista de veintiocho *necesidades*, clasificadas de acuerdo con la dirección o meta personal de su actividad. La fuerza de cada emoción recibirá una calificación del 1 al 5 conforme a su intensidad, duración, frecuencia o importancia en la trama.

La lista de actitudes contempla, por ejemplo: *rebajamiento, logro, agresión, dominio, intragresión, simpatía, pasividad, sexualidad, búsqueda de consuelo, conflicto, cambio emocional* y *deyección*. A estas se debe añadir de -3 a +3 puntos de acuerdo con la prevalencia del superego, el orgullo, el ego o la estructura mental.

Luego, el intérprete debe valorar *las fuerzas del ambiente del héroe*. Otra vez en una escala de 1 a 5, calificará la *afiliación, agresión, dominio, simpatía, rechazo, pérdida, peligro físico* o *daño personal*. Y, a partir de ellas, evaluará la relación entre los motivos del héroe y su relación con el ambiente, a fin de detectar un *resultado* (éxito o fracaso) y exponer la reiteración de ciertos *temas*, ciertos *intereses* y ciertos *sentimientos*.

Al final, el intérprete contará con tendencias que marcan:

1. cosas que el sujeto ha realizado;
2. cosas que quisiera hacer o que está tentado a hacer;
3. fuerzas elementales de su personalidad de las que nunca ha sido del todo consciente;
4. sentimientos y deseos que experimenta en el momento; y
5. anticipaciones de su comportamiento futuro.

Como Harry y Christiana lo decían al principio: una imagen de rayos X del interior del sujeto.

Cuando se publica el TAT, aparece de esta forma:
CHRISTIANA D. MORGAN y HENRY A. MURRAY, «Un método para investigar fantasías: el Test de Apercepción Temática», *Archivos de Neurología y Psiquiatría*, 34 (1935), pp. 289-306.

Cuando se reedita años más tarde —en el ínterin se ha convertido en un auténtico bestseller académico—, los créditos cambian drásticamente:

HENRY A. MURRAY, M. D. y el equipo de la clínica psicoanalítica de Harvard, *Test de Apercepción Temática*, Editorial de la Universidad de Harvard, 1943.

Interrogado sobre el cambio, Murray responde que, si en la primera edición colocó el nombre de Christiana en primer lugar, fue para animarla a proseguir con sus estudios.

Tiempo después, argumenta que ella misma le solicitó retirar su nombre de la publicación sin dar más explicaciones.

Doctor Jung:

No entiendo cómo ha podido permitirlo —le escribe Christiana en una carta—. ¿No debería ser la primera obligación de un analista velar por la integridad de sus pacientes?

Usted dijo que haría lo necesario para mantenerme a salvo.

Casi desde el principio, hace un par de años, llegaron hasta mí los primeros chismorreos; preferí no escucharlos, pero esto es demasiado. *Todos* saben que soy yo, sin duda alguna. Cada vez que alguien regresa de Zúrich, escucho el mismo eco: Christiana Morgan es la mujer velada, Jung analiza sus visiones, *la amante de Henry Murray*. ¡No lo tolero!

Para colmo, me transmiten su desprecio.

Sí, profesor, su desprecio hacia mí y hacia mis trances.

¿No recuerda que se trató de un trabajo compartido? Ahora le resulta fácil desestimar mis progresos, señalar mis vicios, ridiculizar mis temores o burlarse de mis tendencias masculinas: estoy lejos.

Usted se ha empeñado en retenerme, ha hecho hasta lo imposible por quedarse conmigo, con lo único que vale la pena de mí, en todo caso. Y, cuando ha constatado que eso ya no lo satisface, se ha volcado a destruirme. Con cobardía: en la distancia. ¿Creía que yo no iba a enterarme?

No me gustaría creer que usted mismo dio espacio a los rumores: si quería decirme algo, debió hacerlo directamente.

Al final, lo sé, superamos el análisis: pensé que esa transgresión, igual de costosa para ambos, nos mantendría unidos. Dudé mucho en enviarle mis cuadernos: buscaba demostrarle no solo mi buena voluntad, sino mi confianza. Una confianza que usted ha traicionado.

Lo lamento, profesor, no me queda otra salida. Debo suplicarle que detenga el seminario y que abandone mis visiones. Deje que me vaya. Ya no quiero estar allí.

Hace mucho que me marché, ¿no lo comprende?

CHR.

Christiana se ha acostumbrado a su tos, a la coloración pantanosa de su piel, a sus pómulos salidos y a su carne macilenta. Solo que en esta ocasión no ha habido mejoría: desde la última vez que volvió de Nuevo México, a fin de consagrarse a su opúsculo sobre la mitología de los navajos, Will se desmorona: la tuberculosis toscamente atendida durante la guerra se ha enquistado definitivamente en sus pulmones.

Aunque su cuerpo se desmiembra en los espasmos, él apenas se queja: no tolera la compasión ni las inquietas caricias de Christiana.

Will se levanta con extrema dificultad al mediodía —un esqueleto en pijama—, Louise le prepara un té y unas tostadas que él apenas mordisquea, y se encierra en su despacho. Afuera, retumba la seca demolición de sus alvéolos. Louise le lleva el almuerzo hacia las tres, que él deja casi intacto.

Christiana ha decidido respetar el aislamiento que él exige. A diario se marcha a la clínica, se sumerge en sus cuestionarios y sus dibujos, escucha a sus pacientes o lo finge y, sin dar más explicaciones, se refugia con Harry dos veces por semana.

A Mansol tampoco le cuenta nada: cada vez que este le pregunta por la salud de su marido, ella cambia de tema o responde cualquier cosa excepto la verdad: que Will agoniza.

Councie, en cambio, demuestra su aprensión en las cartas que envía desde el internado.

Una mañana, Will ya no consigue levantarse.

—Señora, tiene que venir, debemos llamar al médico —le dice Louise a Christiana.

Como una niña arisca que espera su castigo, ella entreabre la puerta y se desliza en la habitación de su esposo. Sobre las sábanas, el sudor y la sangre casi le provocan un desmayo. Toma los dedos huesudos de Will entre los suyos.

Él cierra los ojos.

¿Su despedida? Morir tan callada, tan serenamente como vivió. Si es que vivió luego de la guerra.

Mi Will, pobrecito mío.

Al regresar del cementerio, Christiana se atreve a irrumpir en el despacho de su esposo, se sienta en su silla, empuña su pluma y acomoda sus papeles. Apuntes no más largos de un párrafo. Borrones. Tachaduras. Ni una página completa. Ni un argumento inteligible.

Durante su agonía, ella se mantuvo incólume. A Councie incluso le recomendó ser fuerte y no ofrecer un espectáculo. En cambio aquí, ante los malogrados apuntes de su esposo —la esterilidad que no deja de acosarla—, Christiana al fin se rompe.

Escribe en su cuaderno:

La geometría ha desaparecido. Antes era un cuadrángulo penoso, pero un cuadrángulo al fin y al cabo. ¿Y ahora? La extrema vulgaridad del triángulo. Lo que yo tanto temía, y lo que tanto temía Jo: por eso lloró a mares en el entierro. No pongo en duda su cariño hacia Will e incluso creo que, pese a la distancia y el recelo, entre ambos existía cierta identificación, cierta hermandad: la empatía de las víctimas. Entiendo que ahora se sienta en peligro. Más que yo, en todo caso. En teoría, los cuatro iniciamos el juego, los cuatro lo toleramos. ¿Cambian las reglas si uno de los miembros originales del acuerdo ya no participa? Mansol también luce nervioso, como si ahora yo fuera a ponerlo contra la pared o a exigirle que se divorcie porque me he quedado sola. Yo no soy como ellos, la respetabilidad y las buenas conciencias me tienen sin cuidado. Lo sé muy bien: nada cambiará. También lo sabe Mansol. Jo no debería preocuparse.

—¿Cuánto más? —pregunta Christiana.

Si bien se siente halagada —una prueba concreta del amor de Mansol—, lo demuestra con quejas cada vez más altisonantes. El pobre Gaston Lachaise, tan pomposo y elegante, ha perdido la paciencia.

Orgullosa en su desnudez, Christiana se pasea de un extremo a otro del estudio, se apoya en el ventanal —afuera, una tormenta—, mordisquea una manzana y por fin vuelve a su puesto. ¿Quién sino un soldado podría resistir más de tres horas inmóvil, la mirada al frente y los brazos caídos sin alzar una protesta?

El escultor se demora en pulir el yeso: la redondez de sus pómulos, el cabello revuelto e imposible, la brutalidad de los labios.

Ella debería mostrarse más afable hacia un colega —qué desgaste luchar contra la materia y contra la modelo—, y sin embargo acentúa su desafío adolescente. Lachaise se sonroja cuando Christiana se coloca a sus espaldas para analizar el progreso del artista.

Una estatua de cuerpo entero de sí misma: desvencijada diosa griega.

Mansol le ha dicho: «Un monumento a tus poderes».

Ella piensa que se trata de un regalo para sí mismo: cuando no esté yo, al menos le quedará la estatua. Un cuerpo idéntico al mío, con una ventaja: no habla y no lo contradice. Obscena Galatea.

El francés prepara los moldes, hace cálculos y por fin se despide con muchas ganas de marcharse.

Días después, Harry anuncia que está acabada.

¿Debería sentirse celosa de esa réplica de bronce?

Christiana la contempla, desafiante.

Por supuesto, a primera vista le desagrada. Una mujer dura, violenta: esa será la primera impresión para cualquiera. Hermosa apenas. Inquietante. Gesto arisco, porte altivo, mirada feroz —si una estatua tiene mirada—, senos caídos, exceso de grasa en todas partes. ¿La venganza del artista?

Christiana se aproxima a su doble, la rodea. La desafía.

Luego la reconoce, se reconoce.

Sin duda soy yo, piensa, no una Venus ni una Diana: una mujer madura de carne y hueso.

El artista no ha engañado a nadie: no ha alisado sus músculos, no ha limado la grasa de sus muslos y su vientre, no ha edulcorado su presencia. Ella lo agradece.

Soy yo: brutal, fiera, triste. Buen trabajo.

—¿Dónde piensas colocarla? —le pregunta a Mansol.

—En Newburyport —responde él—. En nuestro templo.

Mientras camina de vuelta a casa —el vacío que llama hogar— Christiana se da cuenta de que sonríe por primera vez en muchos meses: una sonrisa discreta, pero al fin y al cabo una sonrisa.

¿Quién iba a decirlo? Whitehead podría ser su padre. En algún sentido, sin duda es más padre que amante, pero un día sus conversaciones y paseos terminaron en la cama —así de simple—, como si las caricias fuesen una prolongación natural de sus disquisiciones sobre el cuerpo y el espíritu.

Desde entonces, él la llama por teléfono de vez en cuando, en especial cuando Mansol sale de la ciudad o se encuentra con su familia (la ventaja que le otorga ser su amigo). Su tono es juguetón y cuidadoso, como conviene a un filósofo maduro. El amor con él no es una desgarradura, sino un bálsamo: suave, lento, analítico. Ello no significa soso o aburrido; a veces, Altie puede ser más febril que sus amantes juveniles.

—Es magnífica, absolutamente magnífica —le dice él tras contemplar la estatua—. Un gran trabajo. No *tú*, porque tú tienes sentido del humor, pero fantástica. La mujer primitiva que se mueve de una era a otra. Terrible, magnífica. Una mujer que podría cometer un asesinato, una gran fuerza primigenia. Oh, pero no tú en cuanto se refiere al parecido, ¡santo cielo! ¿Qué has inspirado? La mujer que se transforma, la mujer que escapa de la oscuridad hacia la luz. La estatua de una mujer más impresionante que yo haya visto jamás.

Primero Ralph, después sus padres, luego Will. Ahora Mike: tantas pérdidas en tan poco tiempo. *Enfermedad de Hodgkin.*

Ella y el menor de los Murray aún se frecuentaban; cuando él insistía, terminaban por acostarse. Para Christiana representaba más un incordio que un placer, aunque se acostumbró a complacerlo en aras de la nostalgia, un capricho que nada significaba para ella.

Ahora Mike tampoco está.

¿Y si soy yo quien convoca la desgracia, y si soy yo quien propicia el infortunio?

Nada detiene tampoco la consunción de la muchacha anoréxica: una vela que se apaga. Se volvía cada día más pequeña, un pergamino recubría apenas sus huesos. Al final, ni una sonrisa: solo unos ojos inmensos, dolorosamente abiertos.

Eva Goldbeck, ese era el nombre de la paciente con quien Christiana comenzó a probar el TAT.

Incluso ella la abandona.

Tras pasar todo el año en el colegio, esa universidad que al principio odiaba y que ahora se ha convertido en su hogar, Councie regresa a Cambridge para pasar las vacaciones de invierno con su madre.

Christiana apenas lo reconoce: un joven guapo, bien plantado, incluso un punto altivo, con una intensa mirada de cobalto. Nada que ver con la criatura solitaria y apocada que se escondía bajo las faldas de la nodriza.

Almuerzan juntos y ella se imagina en la primera cita con un desconocido. Escucha sus anécdotas como si vinieran de otro mundo y aplaude su decisión de estudiar Medicina, como el abuelo.

Luego, al tenerlo en casa por unos días, incluso se acostumbra a su presencia: un nuevo inquilino. Las conversaciones entre los dos se tornan cada vez más largas e intensas: le deslumbran la agudeza y la perspicacia del muchacho.

Una noche, mientras él sale a cenar con sus amigos, Christiana agota una botella de whisky y piensa en cuánto le hubiese gustado conocer a ese joven cuando todavía era un niño.

Mansol ha ido a recoger a Jung a la estación. Christiana prefiere quedarse en la clínica, encerrada en su despacho. Desde la última carta — fútil declaración de guerra—, no ha vuelto a tener contacto con el Viejo: su amistad o lo que sea quebrantada para siempre.

¿Por qué me siento culpable?, se pregunta.

Christiana no hizo nada malo: solo exigió el mínimo respeto que se merece una paciente.

Aun cuando la razón de su exabrupto fuese otra: no se escandalizó porque los asistentes al seminario adivinaran su identidad, sino porque el Viejo se distanciaba de sus visiones. Si alguien incumplió el pacto, fue él.

Hoy Jung visita Harvard, invitado por Henry.

Ella tarda horas en elegir la ropa adecuada: un vestido color malva con los hombros descubiertos y un discreto escote, lo más parecido al que usó la primera vez en Zúrich.

¿Para reconquistarlo? ¿Para hacerse perdonar? ¿Para perdonarlo? Para demostrarle esa feminidad que él siempre le ha negado.

Christiana revisa su reloj: ¿por qué tardan tanto? Toma un espejito de su bolso, restaura el pintalabios, las sombras de los ojos, el delicado rubor de las mejillas. Mira por la ventana y al fin distingue el coche de Mansol.

¿Debe precipitarse escaleras abajo para darle la bienvenida?

Los demás miembros de la clínica batallarán para tener el privilegio de saludar al maestro; ella no piensa rebajarse.

Media hora después, mientras Harry lo conduce a su despacho, Christiana al fin lo confronta.

Jung no solo besa su mano y su mejilla, sino que le da un sólido abrazo que desconcierta a Mansol.

—Qué alegría, Christiana —dice Jung.

El cabello más ralo, los mofletes prominentes. Los mismos ojillos de mora. Ella sonríe.

—Espero que tengamos ocasión de charlar con calma —le dice el Viejo, que a regañadientes se deja conducir por Murray.

Christiana se topa con él una y otra vez a lo largo de los siguientes días y Jung se empeña en permanecer siempre a su lado.

En la cena organizada en su honor, Jung desprecia la compañía de otros insignes invitados —Janet, Piaget o el presidente de Harvard— e insiste en sentarse al lado de Christiana. Murray se ve obligado a justificar ese desaire.

¿De qué hablan? Las disculpas por supuesto no hacen falta; esta vez los trances apenas salen a colación, más bien discuten asuntos personales. Nunca llegan a estar a solas más de unos minutos —los admiradores de Jung lo incordian sin tregua—, pero dejan claro su afecto recíproco.

Él incluso le acaricia el pelo y la mejilla y, al despedirse, repite el largo, largo abrazo.

¿La reconciliación? Más bien la despedida.

Al lado de la casa que compró para Christiana en Newburyport, Harry cumple su deseo: el tributo a los poderes de Christiana, a la díada.

Una torre más alta que la de Jung.

Se reúne con un arquitecto y lo instruye.

—Quiero una torre circular de tres plantas.

Y le muestra un plano que él mismo ha diseñado. En el primer piso, una estancia, la cocina y un cuarto de trabajo.

En el segundo, la habitación principal.

En lo más alto, el tálamo donde Wona y él consumarán su pasión durante los anuestas.

Y abajo, en el sótano, la oscuridad del calabozo.

Por supuesto, será Christiana quien se encargue de decorarlo con decenas de esculturas, tallas y vitrales. Un trabajo al que se consagrará, como un francmasón de la Edad Media, hasta el día de su muerte.

Mientras ella y los albañiles se concentran en los trabajos de la torre, Henry prepara la obra de su vida: el mayor estudio sobre la personalidad que jamás se haya realizado. Su ballena blanca.

Todo el equipo de la clínica se concentra en un proyecto tan ambicioso como impracticable. No solo un estudio teórico sobre la personalidad, sino un análisis exhaustivo de las personalidades concretas de un grupo de voluntarios.

Gracias al esfuerzo de veintisiete colaboradores, a lo largo de meses de discusiones y entrevistas, preguntas y respuestas, Murray compila más de dos mil páginas. Luego, él mismo poda, amputa, remienda y reescribe el gigantesco manuscrito. Única concesión a la prudencia: al final, aparece un solo estudio clínico, el de un paciente a quien, en un guiño a Wilde, Harry bautiza como Earnest.

En la introducción al volumen, Murray escribe: «El estudio habrá de centrarse en organismos concretos, no en agregados de organismos». Y establece: «La historia del organismo *es* el organismo».

A partir de allí, desmenuza las *necesidades* del individuo y su reacción frente a la *presión* del ambiente, la cual puede aparecer en la forma de *amenaza de un daño* o de *promesa de un beneficio*.

«Las reacciones del organismo frente al medio —continúa— exhiben por lo general una *tendencia unitaria* y su actividad toma cierta *dirección*. Dado que el organismo se enfrenta a cierta presión, o la presión encuentra al organismo y lo impulsa en una dirección determinada, surge un comportamiento complejo marcado por la combinación necesidad-presión».

A esta combinación, Murray la denomina *tema*.

Tras una larga introducción metodológica, desarrolla una lista de cuarenta y cuatro variables, a través de las cuales será posible reconocer, de forma más o menos objetiva, las necesidades y tendencias en la personalidad de un individuo: las intuiciones del TAT llevadas a su último extremo.

En la última parte del volumen, se despliega el meticuloso examen de Earnest: un hombre del que solo se dice que es «alto y delgado, de veinticuatro años». El equipo de la clínica lo estudia a través de distintos enfoques.

El propio Murray escribe la *autobiografía* del paciente; otros colaboradores bucean en sus memorias infantiles, su desarrollo sexual y sus dilemas en el presente; y otros más detallan los resultados obtenidos luego de aplicarle un alud de distintas pruebas psicológicas.

Christiana, como era de esperarse, es la responsable del TAT.

Dos nombres destacan en la larga lista de colaboradores: Eleanor C. Jones —la bruja—, quien reseña las conversaciones que mantuvo con el sujeto; y Kenneth Diven, quien no tardará en ocupar un lugar prominente en la vida de Christiana.

Es ella quien, por supuesto, diseña la portada.

En un círculo, un rostro del que surgen los rayos del sol; en el centro, la ballena; abajo, un pez espada y los tentáculos de un pulpo.

Y una inscripción que bien podría aplicarse a la díada.

QUE QUIEN BUSCA NO CESE HASTA
QUE ENCUENTRE Y CUANDO ENCUENTRE
SERÁ ILUMINADO.

Concluido el desmesurado proyecto, que por fin le granjea el respeto de sus pares y la concesión de un puesto de tiempo completo en Harvard, Harry pide una licencia de dos años para dedicarse a sus propias obsesiones. Christiana no ha dejado de reprocharle la falta de dedicación a su obra por culpa de las labores administrativas de la clínica y sus deberes familiares, y él por fin se atreve a romper las amarras.

Durante el tiempo que dure su permiso, planea concluir otro volumen sobre la personalidad basado en las experiencias realizadas con el TAT. Pero, sobre todo, espera concentrarse en Melville. Después de tantos años, retomará contacto con Ahab, con Pierre, con Isabel, con el monstruo.

—Este es el año del gran sacrificio —le dice a Christiana durante uno de sus rituales—. Por un año me convertiré en Melville; pensaré, leeré, sentiré y no conoceré más que a Melville. Mi Dios lo exige.

Christiana, más pendiente de su Libro, al que ahora ambos denominan la *Proposición*, refunfuña.

Escribe Christiana en su diario:

Estoy siguiendo esta senda (sumisión a M., que escribe su Melville) porque los dos entendemos que nos llevará hacia mi trabajo. ¿Cómo podría ser apropiado para mí sin esto? Mansol me hizo hincarme tres veces y repetirle: «Te entrego mi cuerpo y mi espíritu». Esta noche Mansol me preguntó por qué lo amaba. Le dije: «Te amo porque estás consagrado. Te amo por la gloria viva de tu sexo». Mansol me preguntó: «¿Por qué debería estar consagrado?». Le respondí: «Porque soy la única mujer que en verdad ha conocido el alma creativa del hombre, y quien retiene este misterio y este conocimiento como una alegría absoluta y como objetivo de su vida».

Los dos ascienden la escalera vestidos con túnicas blancas. A través de los vitrales se filtra el halo amarillento de la luna.

A cada paso, una plegaria.

La velada está consagrada a Ro, la diosa de la reconciliación y la paz. A lo largo de los últimos meses, ella ha creado un panteón personal con una docena de deidades con nombres igualmente enigmáticos. En la torre, cada uno de ellos posee su propio nicho, celosamente tallado por Christiana.

Bode es el dios del cuerpo; Sole, de la salud psíquica; Mime, del vigor mental y el conocimiento; Sted, del dominio; Sova, de la familia; Viv, de la belleza y el drama; Nev, de la originalidad; Go, de la energía; Na, del rechazo; De, de la descomposición; Ni, de la agresión; Ban, del enemigo.

Al llegar al tálamo, Wona y Mansol se funden en un largo beso.

A continuación, él la desnuda; luego marca con un beso su frente, sus ojos, sus labios, su cuello, sus hombros, sus palmas, sus pezones, su ombligo, su sexo, sus muslos y sus pies.

Ella, mientras tanto, tararea en voz baja una vieja melodía.

Mansol también se desnuda y ella replica el ritual con parsimonia.

Al terminar, se tiende sobre las sábanas —blanco sobre blanco—, las piernas completamente abiertas.

Esta vez lo han conseguido: un solo cuerpo.

Poema de Wona
DIOS
Mi amor es mi Dios, y no tengo otro Dios sino él.
Su palabra es mi ley, y por un año la obedeceré.
Este es el año de mi gran sacrificio.
Renunciaré a todos mis dioses por mi único Dios.

Henry se hace a un lado y vuelve el rostro.
—¿Qué sucede? —le pregunta Christiana.
Mansol calla. Ella atisba sus ojos enrojecidos.

Él señala entonces el sobre que descansa sobre la mesa: la carta que Conrad Aiken acaba de dirigirle.

—Tiene toda la razón. Lo peor es que tiene toda la razón —exclama él.

Christiana desdobla el papel y lee en voz baja. El veredicto del escritor sobre el manuscrito de Henry no puede resultar más desfavorable. «Deberías quemarlo», le espeta Aiken sin clemencia.

—Jamás lograré hacer algo que valga la pena —se lamenta Henry.

Si bien intenta consolarlo, Christiana teme coincidir con el diagnóstico: su obsesión por Melville ha sido un desperdicio. Ese tiempo y esa energía Harry debió dedicarlos por entero a la *Proposición*. A la díada.

Atravesamos una temporada difícil —escribe Christiana en su cuaderno—, la creatividad de Mansol está completamente fragmentada. Me siento quebrantada al comprender que, en un arranque de frenesí, él está a punto de deshacerse de nuestro mayor logro: el reconocimiento de que yo soy la Creadora de nuestra vida, y él es mi discípulo. Y me siento aún más miserable por no saber hacia dónde nos dirigimos. Estamos perdidos. Dios, ¡qué miseria estar perdidos!

Christiana prepara un texto que titula *Escrito por Mansol* y obliga a Harry a leerlo en voz alta.

Cuatro breves golpes y ella abrió la puerta. «¿Puedo entrar?», preguntó él: una formalidad que usaba por si Wona tenía un visitante.

Ella llevaba un vestido carmesí con zapatos a juego y sus labios eran brillantes. Su cuerpo tenía un nuevo calor y había energía en sus brazos.

«Estás hermosa —le dijo él—, no podrías haber hecho algo que me complaciera más que ponerte ese vestido. Hace siglos que no te veo de rojo».

Él pensó por enésima vez que no existía vida fuera de su cuerpo.

«¿Qué has hecho desde que me abandonaste?», le preguntó ella.

«Estoy aquí, listo para amarte. No he pensado más que en ti. He continuado escribiendo, me preparo para leerte».

El silencio le hizo saber a él que había algo más importante que su escritura.

«Abrázame fuerte, Amo —le dijo ella, sentándose en el sofá negro donde se sentían tan cómodos—. He tenido un nuevo trance, estoy muy excitada. No sé lo que pasa, me siento viva otra vez. Mi mente está llena de preguntas y quiero preguntártelas todas a ti, a nadie sino a ti. Cada Walpurgis quiero hacerte preguntas, grandes preguntas. Ése será mi trabajo».

Él la tomó fuertemente entre sus brazos. Ella miraba a la chimenea y hablaba más rápido que de costumbre, fumando un cigarrillo.

Sus ojos se humedecieron.

«Algo me sucede —continuó ella—, todavía estoy en trance. Mi espíritu está lleno de preguntas, como una niña, y tú, mi Amo y Señor, debes responderlas. ¿Lo comprendes?»

«¿Sabes por qué estás en trance otra vez?»

«Porque tú me reconociste en la Torre. Nunca me habías reconocido hasta ahora».

«¿Y sabes por qué has estado callada por tantos años, dormida en ti misma?»

«Esperaba tu reconocimiento. Ahora déjame en medio de mi trance, sin decir nada más».

Al llegar a casa, él estaba tan exultante que no podía hablar. Había oscurecido y podía permanecer a solas con sus pensamientos. ¿Por fin habrían alcanzado el útero de su vida fértil? ¿Estarían en el origen de una nueva existencia? ¿Por fin podrían vivir más allá de la conciencia, entregarse a su posesión erótica y crear desde el corazón?

Desde que conoció a esta extraña y hermosa mujer, él sintió carbones ardientes en su interior. Nunca antes había sido capaz de perderse a sí mismo —de sucumbir ante un demonio sobrehumano—, esa era una de las grandes vergüenzas de su vida.

M. comprendió entonces que se había equivocado todos estos años al valorar el significado de las lágrimas. Pensaba que ella necesitaba órdenes directas: haz esto, di esto, piensa esto. En cambio, ahora entendió que eso la privaría de su principal función: sentir y reconocer lo que arde en ella.

Las lágrimas significaban que había algo en ella que necesitaba ser alimentado. Las lágrimas serían el símbolo de su trabajo. Las lágrimas eran lo que él más necesitaba. A partir de hoy, él viviría para sus lágrimas.

Ovillada en un rincón del sótano —el mínimo resplandor de una linterna—, Wona, cubierta solo con un corpiño rojo, espera las órdenes de su verdugo.

—Ven aquí —le dicta Mansol.

Wona abandona su refugio.

—Ahora inclínate —chilla Mansol.

Wona se apoya en la piedra, la espalda arqueada, sus nalgas blanquísimas, listas para el castigo.

—Así, perra —le exige Mansol.

Ella reprime su decepción.

El látigo en el aire: un chasquido. La suave herida en la carne.

Torpemente, Mansol repite la maniobra.

Wona estalla y se incorpora.

—Necesito tu brutalidad, Mansol, ¿no lo entiendes? Esto no es un juego. No es una pantomima. Así jamás llegaremos a nada.

Y, ofuscada, se precipita escaleras arriba.

Fin del juego.

Christiana escribe en su cuaderno un texto que titula *Escrito por Wona*:

Wona no tolera la idea de regresar a esa rutina. ¿Quedará tiempo? ¿Aún podrá sacudirlo y forzarlo a tomar los pasos necesarios antes de entregarle su ser? Ella no quiere guiar, sino ser guiada. Sus visiones perecerán si no logra que su amado se entregue a los misterios de la dominación.

Primero, le exigirá la restauración de su lujuria: han pasado siglos desde la última vez que ella contempló sus dedos sosteniendo el látigo con crueldad. ¿Dónde ha quedado su poder? Wona está hambrienta y enferma.

Necesito tu fuerza, le dirá a Mansol, tu bestialidad. Muéstrame al animal que hay en ti para que pueda sentirme orgullosa de mi amante. No podré tomarte como mi instrumento hasta que me hagas daño sin piedad.

Detesto tu compasión.

Escúchame, amado mío: hemos llegado a una encrucijada. Has dejado de progresar, y yo estoy triste e inquieta. Me prometiste una feria de dioses, pero han pasado los años y me has dejado sin nada, aunque alcanzo a ver un rayo de luz hacia adelante.

El siguiente paso es claro: por un tiempo debo tomar tu vida entre mis manos y necesito ciertos compromisos de tu parte. He sido paciente por dos años, no puedo serlo más.

A partir de hoy, espero que sigas todas mis órdenes.

Yo decidiré cuándo y cómo nos encontraremos y cuánto tiempo estaremos juntos. Si te anuncio que quiero irme mañana a Tierra del Fuego, tendrás que hacer los arreglos necesarios. No quiero escuchar una palabra más sobre tus obligaciones, yo nunca te he molestado con las mías.

Siempre te he seguido: ahora tú tienes que seguirme a cada paso.

No te daré razones: esa es mi definición de Dios.

Solo espero el día en que todo este poder sea tuyo y yo pueda permanecer bajo tu sumisión. Antes, debo darte ejemplo de lo que quiero.

Quiero que esta Torre sea tu base. El lugar donde conserves tus cosas, tu mente y tu cuerpo. A partir de ahora, solo visitarás a tu familia cuando yo te lo permita. Eres mío, no de Jo.

Todavía no sé qué haré con tu matrimonio o cuándo dejarás la clínica de forma permanente, pero yo decidiré cuánto tiempo les dedicarás a cada una. He determinado que la *Proposición* avance a sus expensas.

A continuación, te enseñaré mis ritmos de creación, limitaré tus horas de escritura a seis horas al día y, cuando creas que estás listo para terminar un capítulo, deberás mostrarme tu plan. No te dejaré empezar otro hasta estar convencida de que has eliminado lo irrelevante.

Finalmente, Mansol, quiero toda la fuerza de tu cuerpo: tu enorme sexo, tu capacidad y tu misterio. Mi necesidad es vasta y no avanzaremos hasta que satisfagas mis demandas.

Quiero que conquistes tus miedos con brutalidad.

Quiero toda la terrible crueldad de la naturaleza.

Quiero el poder que ninguna mujer ha tenido.

Quiero ser humillada físicamente, así como yo humillaré tu espíritu.

Quiero ser golpeada, azotada, maltratada.

Quiero tus cadenas en mis brazos, tu cigarro en mi rostro.

Quiero ser ordenada, pateada, herida.

Quiero que me hagas besar tus pies y comer en el suelo.

Quiero ser tu esclava.

Quiero postrarme frente a ti.

Quiero llamarte mi Amo y Señor.

Y sobre todo quiero tu verga salvaje, el látigo en tu mano, las quemaduras en mi piel.

¿Has entendido?

Hace mucho que Jo no llora: después de todos estos años, al fin empieza a creer que Harry será suyo hasta la muerte.

Sin embargo, hoy escucha la noticia de que Japón ha bombardeado Pearl Harbor por sorpresa y las lágrimas resbalan por sus mejillas.

Christiana, no muy lejos, llora de manera equivalente.

En diciembre de 1943 —anota en su cuaderno—, Mansol partió hacia Washington enlistado por la Oficina de Servicios Estratégicos del Ejército.

Rápidamente se involucró en el arduo trabajo del gobierno y perdió contacto con su vida espiritual.

Y Wona se quedó sola.

IV

FINALE: ADAGIO

LIEBESTOD

St. John, Islas Vírgenes, 1967
Newburyport, Massachusetts, 1944-1967

ÚLTIMO CUADERNO

Abrí los ojos, flotando en una mancha de luz, y me supe inerte, exánime, muerta —absolutamente muerta—, y tú no estabas allí, Mansol, a mi lado.

No estaban tus ojos para consolarme y resguardarme de mi miedo, no estaba tu voz para decirme todo estará bien, Wona, aunque fuese una mentira, para convencerme de que el dolor no era dolor sino otra cosa, un espejismo o una rabieta, para echarme en cara mis rabietas y hacerme creer que viviría.

Mi cuerpo abandonado en el camastro, rasguñado por la luz de esa habitación blanquísima; los brazos paralizados y las piernas insensibles; mecida apenas por el incierto vaivén del vientre y las costillas.

Una red de sondas perforaba mis arterias; un hato de vendas cubría los escombros de mi espalda.

Abierta en canal, sí, en canal: una res al matadero.

Pensaba que el fondo del mar sería más oscuro —una negrura húmeda, pastosa como el fango—; aquel hueco en cambio era traslúcido, monótono. Y tú no estabas allí, Mansol, estoy segura.

Luego lo negaste, juraste no haberte movido de mi lado, padecer la operación como si te la hubiesen practicado a ti mientras permanecías recluido en la sala de espera. No te creo, Mansol, no puedo creerte. Cuando abrí los ojos y me supe muerta tú no estabas allí.

¿Por qué lo sé?

Porque nunca te conservaste a mi lado. Porque siempre huiste. Porque al final me dejaste sola, y más en esos tiempos de guerra, cuando pensabas que el futuro de la nación —el futuro del mundo— descansaba sobre tus hombros, que tu presencia en Washington era tan indispensable como la de Roosevelt, que tus teorías sobre la personalidad y tus pruebas psicológicas contribuirían decisivamente a la victoria.

No, Mansol: si acaso permaneciste en la clínica, debió de ser por un instante, a regañadientes, como quien se obliga a asistir a un funeral.

Un funeral anticipado.

Te recuerdo, sí, durante la anestesia: tu mano en la mía, tus mejillas entintadas por las lágrimas.

Entonces nada me importaba: me había resignado a no despertar o a despertar convertida en vegetal o en el mueble que se arrumba en el trastero. Cerré los ojos poco a poco mientras el doctor Smithwick balbucía estupideces.

Tú callabas, Mansol. ¿Sollozabas en silencio?

Me quedé dormida y tú de seguro te marchaste: no te imagino en la sala de espera, como dices; no te vislumbro impaciente y receloso, incapaz de intervenir, resignado a ser testigo y no protagonista de mi vida o de mi muerte. La operación duró seis o siete horas, ¿cómo suponerte allí todo ese tiempo?

—Le quedan unos meses, un año a lo sumo, señora Morgan —me advirtió el doctor Smithwick, sin dar espacio para la desesperación o la tristeza.

Unos meses, un año a lo sumo.

Yo acababa de cumplir cuarenta y seis, bien lo sabes: la noche de mi cumpleaños me llamaste desde Washington. No quise decírtelo pero te lo dije: unos meses, un año a lo sumo.

Tú enmudeciste y prometiste que vendrías; lo abandonarías todo y tomarías el primer tren desde Washington. Por supuesto no lo hiciste, tu trabajo ultrasecreto lo impedía, o el temor o la desidia. No te lo reprocho, Mansol, no me malentiendas: te conozco, sé quién eres, no esperaba de ti otra conducta.

Todo por culpa de mi corazón, qué grosera redundancia.

Siempre sufrí mareos y desmayos, un malestar al cual acabé por acostumbrarme —si me he acostumbrado incluso a tu indolencia—, hasta que la sangre comenzó a derramarse por mis ojos dos veces por semana.

Eso lo sufriste ya muy poco, Mansol. La fortuna te permitió esquivar mi monstruosidad y mis lamentos. Qué dulce lejanía, qué privilegio salvar el mundo mientras yo perdía la conciencia y la hemorragia entintaba el blanco de mis ojos.

—Unos meses, un año a lo sumo —repitió el doctor Smithwick, un anciano calvo y regordete, de mirada felina, sin un ápice de piedad o de esperanza en sus palabras, como si hubiese diagnosticado un resfriado o una caries.

La fastidiosa cercanía de la muerte.

—Solo se me ocurre proponerle una cosa, señora Morgan —me dijo luego—, un nuevo procedimiento, una operación drástica y brutal (drástica y brutal, así lo dijo), la sola alternativa que nos queda.

Muerta de miedo, le pregunté en qué consistía; el viejo se turbó, revisó papeles en su escritorio de burócrata.

Una simpatectomía: el nombre técnico del sacrificio y la tortura.

—Tendré que extirpar parte de su sistema nervioso autónomo —me detalló—, primero los nervios del lado derecho de la espina dorsal y, diez días después, su cuerpo no lo resistiría antes, los del izquierdo, ¿lo comprende?

Comprendía, aunque prefería ignorarlo, quedarme solo con esa ridícula palabra, *simpatectomía*, un nombre fatuo e inofensivo en vez de una masacre.

—Hágalo, doctor —lo urgí, sin razonar lo que pedía—, mañana mismo si es posible.

Smithwick agachó la cabeza.

Por fin te desplazaste a Boston, Mansol, ante la inminencia del procedimiento o de mi muerte.

Pasamos un día llorando, o más bien tú llorabas y yo mesaba tu cabello: te abalanzaste sobre mi cuerpo, me desnudaste y me hiciste el amor con coraje y con violencia, el coraje y la violencia que te había exigido durante años, como si por fin quisieras demostrarme quién eras, las últimas caricias a mi cuerpo de cuarenta y seis años: mi hermoso perfecto cuerpo, en tus palabras.

Te arrodillaste y me golpeaste, esforzándote por hacerme saber viva el último día de mi vida.

Pasó rápido la noche sin estrellas y al día siguiente me marché sola al hospital. Te miré y pensé: será la última.

Lo fue en algún sentido, Mansol, no te engañes: la mujer que despertó no era yo, Wona, tu mujer, sino otra.

Otra carne y, dentro de esa carne, otro espíritu: una mujer encerrada en un cuerpo nuevo y reluciente, un cuerpo que no sabía regularse. Un cuerpo flácido, frío, desguanzado; un cuerpo triste e ingobernable, y dentro de ese cuerpo otra persona.

Una mujer encarcelada en una piel desconocida, una anciana y una niña al mismo tiempo: un cadáver en el fondo del mar a merced de los peces y su hambre.

Escribo en este cuaderno al borde del océano, Mansol, mientras tú duermes bajo el mosquitero de la habitación principal, a escasos metros de distancia. Imagino tu semblante pacífico y sereno, las arrugas relajadas en tu frente y en tus párpados, tus labios entreabiertos, la acidez de tu aliento y tus bostezos.

La tranquilidad después de la tormenta, como dicen.

Tus sueños en cambio no alcanzo a concebirlos. Hablamos siempre de mis fantasías y mis visiones, en cambio tu inconsciente me resulta inescrutable. ¿Habitan tu cabeza monstruos y bestias semejantes a los míos, jabalíes sedientos, indios, corceles desbocados, mantarrayas? ¿O sueñas más bien con el pasado, con Jo y con tus hijos, o sueñas acaso conmigo, o con ese nombre que ni siquiera has pronunciado?

Lo siento, Mansol: no te someteré más a esta tortura, no te interrogaré ni te insultaré hasta que pierdas los estribos como hace unos minutos, no perturbaré tu sueño ni tampoco tu vigilia.

Duerme, Mansol. Duerme apacible y dulcemente mientras yo sigo aquí, al borde del océano, concentrada en mi cuaderno.

Tras la operación volví a quedarme sola, otra vez sola y devastada.

En cuanto salí del hospital, me recluí en la Torre; me encerré en mi habitación a cal y canto, sepultada bajo las sábanas, sin leer ni escribir, comiendo apenas —Louise me alimentaba por la fuerza— y bebiendo, eso sí, desde el alba hasta la madrugada, nuestro soma agotado en esa rutina sin final ni principio.

No sé cómo resistí todos esos meses, Mansol: tú seguías escondido en la Oficina de Servicios Estratégicos, me enviabas inocuas cartas firmadas desde lugares tan inesperados como Londres o un buque de guerra en medio del Atlántico. Cartas puntuadas por los tachones de la censura como si fueses a revelarme un secreto militar en vez de tus pretextos.

Más de una noche pensé en el suicidio y aún hoy, veinte años después, me pregunto por qué no llegué a consumarlo. Debí de ser más recia y menos pusilánime, o quizá entonces aún albergaba una esperanza, una esperanza pequeñita aunque no alcanzase a verla, una esperanza diminuta pero suficiente: es la única explicación a mi supervivencia, Mansol, no veo otra.

Ken apareció en esos días, es cierto, pero él no era una esperanza sino un amigo, como Saul o como Lewis. Se preocupaba por mí y me visitaba, solo eso, yo no pensaba en él, obsesionada en aprender en qué cosa me había convertido.

Lentamente volvieron los paseos, primero en el jardín, luego en los bosques, más tarde empuñé otra vez el lápiz, los crayones y las acuarelas, el punzón y los buriles. Volví a escribir en mis cuadernos, como ahora —mi último refugio—, y por fin me sometí a la tarea que teníamos pendiente.

¿La recuerdas? El único librito que publicamos con nuestros nombres lado a lado: *Un estudio clínico de los sentimientos*. Ahora nadie se acuerda de ese cuadernillo de pastas rojizas, ni siquiera sé adónde fueron a parar los últimos ejemplares que me enviaron, de seguro yacen carcomidos por la humedad y las termitas en el calabozo, en la Torre.

El proyecto me llenaba de entusiasmo, pero al estudiar los expedientes de esos jovencitos sentí una indignación que tropezaba con la cólera. Había entrevistado a nuestros alumnos antes de operarme, esos muchachitos atenazados por la guerra y el futuro.

La idea era analizar sus sentimientos, como antes tú y yo estudiamos la imaginación de los pacientes con el TAT, e indagar en ellos la propensión a la ira, a la depresión, a la fiebre o a la vergüenza, pero en sus respuestas yo solo distinguí miedo y apatía, falta de fe en la causa aliada, incapacidad de compromiso: o quizá en aquellos infelices yo solo distinguía tu indolencia, Mansol.

Tú estabas en Londres bajo las bombas o en Washington planeando una campaña, aunque los dos sabemos que en ti siempre se disimuló un pacifista —un cobarde—, y que te sumaste al esfuerzo bélico porque no te quedaba otro remedio, porque querías hacer nuevos contactos y recibir las condecoraciones ofrecidas a los héroes de guerra.

Tú, Mansol, héroe de guerra: vaya despropósito.

Dejaron de importarme la alegría, el amor o la tristeza de esos jóvenes y me concentré en su liviandad y en su pánico: en el tuyo.

Tal vez por esta razón *Un estudio clínico de los sentimientos* no sirve para nada, tal vez por eso nadie lo recuerda y los únicos ejemplares que quedan se pudren en las entrañas de la Torre.

Era el mayor trabajo clínico que yo había emprendido hasta el momento y lo transformé en un reclamo, mi enésima muestra de despecho. Tu nombre junto al mío en la portada o más bien el mío junto al tuyo aunque tú no hubieses contribuido casi en nada.

El libro estaba casi terminado cuando envié las pruebas a la clínica. Hansi Greer, tu asistente, lo leyó y se burló del tono y de mi estilo: otra tonta enamorada de tu distancia y tus desplantes —otra víctima— y, sin prevenirme siquiera, alteró las conclusiones por su cuenta. El ultraje final, la postrera piedra en mi camino.

A partir de ese momento decidí no volver más a la clínica; me olvidé de una carrera psicológica, de por sí siempre discreta, para dedicarme a lo único que de veras me importaba, Mansol: a nosotros, a la díada.

Por dentro estaba devastada, derruida, vuelta añicos.

Te necesitaba más que nunca, Mansol, y por fin me atreví a confesártelo. Cesaron mis reproches y se inició el tiempo de las súplicas. Me rebajé hasta donde puede rebajarse un ser humano.

Fue entonces cuando comencé a llamarte Mi Señor.

Mi Señor, te ruego que llenes el vacío que me invade, que temples mis entrañas, que te apiades de mí y me reprendas, que me enseñes a ser tu esclava, que me domines cuanto quieras dominarme, que me humilles y me bañes con insultos, que me permitas lamer tus pies y postrarme ante tu sexo, que lances tu semen a mi rostro, que me azotes y me escupas, que laceres mi espalda con tu látigo, que me digas que soy una basura, que me digas que no sirvo para nada, que me digas que jamás tuve talento, que me digas que desperdicié mi vida en vano, que me digas que siempre estuve equivocada, que me digas que mi rebeldía fue un capricho, que me digas que fui ingenua y timorata, que me digas que nunca fui sagaz ni inteligente, que me digas que nunca valoraste mis visiones ni mi esfuerzo, que me rescates de la ignominia y del olvido, que te apiades de mí y me perdones, que me dejes arrastrarme hasta tu lado, que me dejes mordisquear las sobras de tu tiempo, que me permitas acuclillarme en un rincón donde no llegue a incomodarte, que me dejes ser tu sierva, que me toleres al menos unas horas cerca de ti, Mi Señor.

Lo sorprendente, Mansol, es que pareció gustarte esta inversión de los papeles: no tardaste en responder a mis peticiones con altivez y con soberbia. No dudaste en complacerme y otorgarme justo lo que yo te había suplicado —y con creces—, tus cartas se colmaron de injurias y desprecio.

Me llamaste puta, insecto, bestia, alimaña. Escribiste que mis visiones y mis dibujos eran una lamentable pérdida de tiempo. Me dijiste que yo no merecía siquiera tu despecho y las pocas veces que te acercaste hasta la Torre perseveraste en esa tónica que yo misma te había impuesto, Mi Señor.

Me azotaste y escupiste, Mi Señor.

Me hiciste sentir la peor de las mujeres, Mi Señor.

Por fin tú eras fuerte y yo una inmundicia, Mi Señor.

Por fin tú eras el amo y yo la sierva, Mi Señor.

¿Una escenificación, la última escala de nuestro juego? La vida es toda un hato de mentiras —lo sabemos— pero a veces el dolor fingido duele tanto como el dolor.

Si acaso te lo preguntas, Mansol, entre sueños: sigo bebiendo, no he parado de beber desde que llegamos a esta isla —tu maldito paraíso— y aquí, a la orilla del océano, apuro otro vaso de ron mientras tú duermes.

Ken era en esos días tu reverso: cortés, afable, un punto afeminado —siempre pensé que te amaba más a ti que a mí, que tú le gustabas más que yo—, dulce y exquisito, amante de las artes y las letras.

Durante mi enfermedad nunca dejó de visitarme en la Torre y, al término de mi convalecencia, siguió llevándome violetas y tulipanes, acompañados de pastelillos de crema. Charlábamos durante horas sobre Schiele y Kokoschka, sobre Emerson y Sófocles. Luego le servía un té —yo agotaba el bourbon desde temprano—, y él me observaba mientras yo tallaba la madera, atento a mis palabras y a mi cuerpo, a mi cuerpo destazado que yo creía nauseabundo, a mi cuerpo de anciana que yo imaginaba repugnante.

¿Cómo no iba a disfrutarlo, Mansol? Un joven tierno —un poco como Will—, compañía inmejorable. Te juro que yo no buscaba nada más, su cercanía y su admiración desaforada me eran suficientes.

El viaje a la Torre desde Boston era largo, y un día le dije que podía quedarse a dormir en la habitación de huéspedes. Así lo hizo y durante semanas jamás trató de propasarse; sus halagos eran tan sutiles como frágiles sus labios, tan desprovistos de malicia: dos hermanos que se quieren y se custodian, que se miman y resguardan.

Pasábamos horas charlando y esculpiendo —él se había sumado a la tarea— hasta que un día yo bebí más de la cuenta, casi tanto como ahora en esta playa, y descendí hasta su cuarto, hasta su cama, hasta su sexo.

No vas a reprochármelo, ¿verdad, Mansol? Entre nosotros jamás hubo esos remilgos. Me desnudé frente a él como si me desnudara por primera vez: su mirada era todo lo que me hacía falta en mi universo.

Me hubiera gustado quedarme así una eternidad, Mansol, sin moverme. Imposible: me deslicé sobre él, sobre su cuerpo delgado, casi adolescente. Hicimos el amor toda la noche —lo confieso: yo nunca llegué al clímax— y me abracé a él hasta la madrugada.

Tal vez fuera inevitable: una mujer madura deseosa de ser joven, un joven que anhela el cuidado de una madre, ¿quién podría juzgarnos?

Al despertar, Ken lucía tan sereno, tan puro, tan mío.

Entonces la guerra agonizaba, Alemania se rendía a nuestro ejército, y yo sucumbía a tu lejanía y a sus besos; a su adoración y a tu distancia.

En el verano Ken se mudó a la Torre.

¿Por qué cambian de pronto los hombres, Mansol, tan voraces? ¿Por qué no son constantes? ¿Por qué trastabillan, mudan y se tuercen? ¿Por qué se vuelven otros? Tú me lo advertiste y yo no quise oírte: darte la razón hubiese equivalido a una derrota anticipada.

Los síntomas de su transformación se iniciaron poco a poco: un desliz, un comentario torpe, una mueca a destiempo. Y, por fin, la hidra de los celos.

—¿Qué harás este domingo, Christiana? ¿Vendrá Murray, irás tú a visitarlo?

Yo respondía con la verdad, sin titubeos.

—Vendrá Harry, sí, te veré el próximo lunes.

Ken nada añadía excepto su silencio, un silencio que poco a poco se manchaba de amargura. Pero el lunes volvió cargado con sus rosas y sus pastelillos de chocolate, y volvimos a charlar de pintores y de escritores, escuchamos a Sibelius hasta el amanecer, tallamos juntos, juntos bruñimos la piedra, bebiendo y haciendo el amor lánguidamente.

Solo al final de la noche reincidió.

—¿Qué has hecho esta semana? ¿Qué harás la próxima?

Conforme corría el alcohol, sus preguntas se volvían más lamentables, más inicuas.

—¿Cómo es Murray en la cama? ¿Qué hace contigo, cómo te penetra, por qué te gusta tanto, qué te hace él que no pueda hacerte yo? ¿Por qué lo amas? ¿Su pene es más grande que el mío?

Tan remilgado, Ken, tan inseguro.

—Jamás podrías comprenderlo —le respondí en un susurro—. Esa es una larga, densa historia.

Trataba de no irritarlo. Él ya no lograba contenerse, se levantaba de la cama con los brazos crispados y los ojos encendidos, manoteaba en el aire, se atragantaba con un bourbon y se asentaba en su trinchera, empeñado con que yo le narrase nuestra larga, densa historia, cada detalle y cada minucia, cada revelación y cada secreto como si así pudiese comprender por qué yo no lo amaba como a ti, por qué jamás podría ocupar tu lugar, por qué jamás podría suplantarte.

—Eres la clase de mujer que puede asesinar a un hombre —me espetó una mañana—, eres la clase de mujer que puede asesinar a un hombre por placer, eres la clase de mujer que puede asesinar a un hombre por diversión, eres la clase de mujer que puede asesinar a un hombre sin remordimientos, eres la clase de mujer que puede asesinar a un hombre, a otro, a otro, a otro.

A las impertinencias siguieron los insultos.

—¿Sabes por qué no eres como Harry, Ken? —le dije—. Porque tú no eres un hombre verdadero. Y ¿sabes por qué prefiero acostarme con Harry? Porque contigo nunca he tenido un orgasmo. Y ¿quieres saber si su pene es más grande que el tuyo? Sí, Ken, mucho más grande.

—Pues yo no pienso irme —me gritó, rojo de ira—, no me arrojarás de aquí, no te será tan fácil. No soy una cucaracha a la que puedas echar a la calle, no soy una puta a la que puedas pagarle para que deje de incordiarte. Me quedaré aquí todo el tiempo que se me antoje, Christiana.

¿Qué podía hacer yo, Mansol, sino cederle la Torre y correr hasta tu lado? Te llamé y me acogiste. Me recomendaste alejarme de él. Diven se había vuelto peligroso y tú volverías a cuidarme.

Ken se quedó un par de semanas en la Torre, agotó nuestro vino y nuestro bourbon —nuestro soma—, se emborrachó hasta perder la conciencia, revolvió todas mis cosas, destazó mis vestidos y mis medias, desordenó nuestros papeles, quemó mis fotos, mis dibujos y mis acuarelas, desgarró mis cuadernos, se orinó en las paredes, regó sus excrementos por la alfombra y por fin se largó como un ladrón o un maleante.

¿Has visto, Mansol, qué hermosa luz cae sobre la arena a esta hora de la tarde, el cielo impasible, sin nubes, frente al sosiego de las aguas?

Al cabo de dos semanas de destrucción y de barbarie, Ken se marchó para siempre y yo pude recuperar mi territorio. Regresé a limpiar y reconstruir nuestro templo, a prepararlo para tu llegada.

Tú me dijiste que ahora sí estabas dispuesto a habitarlo conmigo, pues tu trabajo para los servicios secretos en Washington había terminado.

—¿Qué debo hacer, renunciar a Harvard? —me preguntaste cuando por fin volviste a Boston.

—Sí, Mansol —te dije—, ha llegado la hora de consagrar toda tu energía a la díada.

Asentiste y le presentaste la nueva solicitud al decano (y luego me lo reprochaste de por vida).

La díada, Mansol, la *Proposición*: nuestro sueño compartido. Nuestro espejismo y nuestra ancla. La díada, Mansol, nuestra caída.

A lo largo de esos meses, tú preferiste embarcarte en un nuevo proyecto para los servicios secretos, la redacción de un manual que titulaste secamente *La selección de agentes*, convencido de que, siendo el mayor experto en personalidad de nuestro tiempo, serías capaz de anticipar las tendencias destructivas o la fragilidad de nuestros jóvenes soldados —un pequeño dios de los ejércitos—, el dedo que distingue a los malignos y a los turbios, el dedo que marca con fuego a infieles y traidores. Tú, Mansol, que tras veinte años de estudiar los laberintos de la mente ni siquiera lograbas saber quién eras tú mismo.

Mientras tanto, yo redescubría el placer como quien aprende un nuevo idioma o emprende una investigación técnica o científica.

Probamos con toda suerte de caricias, con tus labios, tus dedos y tu puño, con toda clase de instrumentos anchos y romos en mi vulva: todo inútil. Quizá no había que insistir en las profundidades de mi sexo, así que buscaste lacerar la carne de mis nalgas y mis muslos, de mis pechos y mi vientre, tratando de provocar una reacción de los nervios escondidos en las axilas y en las corvas, en el plexo solar y detrás de los pezones.

Ya no era un juego, Mansol, como antes: llagas supurantes, heridas abiertas durante semanas, marcas como tatuajes.

Hasta conseguir nuestro objetivo: un moderado y suave orgasmo, el mayor regalo que nunca me entregaste.

Te visité en Washington a fines de mes: los cerezos sin flor, ramas como espinas, los restos legañosos de la nieve, siluetas negras con sombreros amenazantes —la uniformidad del poder y la ventisca— y otra vez se intercambiaron los papeles.

Te escribí entonces: Mi primera tarea será bloquear la energía que fluye hacia el mundo. Ahora yo volveré a decidir cómo gastas tu tiempo, Mansol, y tendrás que aceptarlo con paciencia. Tu éxito en el mundo, tus discursos y tus escritos ya no me interesan; no me interesa tampoco tu Melville. Y lo que no me interesa a mí no debe interesarte a ti tampoco. Te exigiré actos valerosos, Mansol, grandes y pequeños, y tú tendrás que demostrar tu indiferencia hacia el mundo.

Los dos disfrutamos con el restablecimiento del orden, aunque sabíamos que se trataba de un simple remedo de nuestra vida pasada.

Fue entonces cuando me decidí a escribir: ya que tú no parecías dispuesto a terminar la *Proposición*, yo misma le daría un nuevo impulso. Contaría mi propia versión de la díada y luego la confrontaría con la tuya.

Pasé semanas entintando la pulcritud de mi cuaderno, recordando nuestras jornadas de complicidad y de vehemencia, nuestro agotamiento y nuestras iluminaciones, asumiendo la responsabilidad de los errores y los triunfos.

¿Sabes cuántas hojas mecanografiadas acumulé entonces, Mansol? Más de cuatrocientas. Y a mí me parecían un vago resumen de nosotros, el apretado desfile de mis visiones y mis trances.

Toscos apuntes sobre Melville y Jung, atisbos sobre nuestro despertar en Europa, pobres descripciones de los besos, las caricias y los golpes, con esporádicas apariciones de Will, de Jo, de Councie y de tus hijos.

Un libro imposible sobre la vida que nunca construimos. Sobre esa vida que se nos escapaba y aún se nos escapa.

Más que hacer memoria, Mansol, necesitaba vaciarme de nosotros.

¿Cuándo reparé en nuestro fracaso y cuándo lo hiciste tú, Mansol? Estas preguntas me atormentan, me vulneran, me amancillan.

Acababa de cumplir cincuenta años, Mansol, cincuenta años apenas. Han transcurrido casi dos décadas desde entonces y no sé qué hicimos con ellas. Repetirnos, replicarnos, dejarnos arrastrar por la corriente.

Veinte años de fingir. Veinte años de engañarnos y enre-darnos con ficciones. Veinte años de ser solo fantasmas, figuras de cera, maniquís. Veinte años para justificar la impo-sibilidad de concluir la *Proposición*.

A veces pienso que nunca confiaste en nosotros, que todo esto fue producto de mi voluntad y tu fatiga, de mi obsesión y tus temores, de mi apremio y tu falta de energía, de mi coer-ción y tu flaqueza.

¿Me equivoco? Dime si desbarro o si exagero, si en rea-lidad en algún momento del pasado, así fuera en aquellos primeros días en Zúrich o en Francia —en Saint-Jean-Pied-de-Port o frente al mar de Houlgate—, tenías una fe real e inquebrantable en la díada.

Tienes razón, Mansol: acepto la insensatez de este alega-to. Jamás podré saberlo, jamás tendré una respuesta. Mi úni-ca certeza se halla en el presente, en esta aridez y esta demora, en el vacío que nos rodea en esta isla del Caribe.

¿Cómo evaluar de pronto ese barbecho que se tiende entre el fin de la segunda guerra y este mediodía frente al mar? ¿Qué ha quedado de esos veinte años?

Mis diarios extraviaron su solidez y su constancia, su pro-pensión a las minucias. Las entradas se espacian, las líneas se ahuecan como estantes vacíos.

Hay cuadernos enteros que no guardan más que la som-bra de una fecha —1954, 1962, 1966—, dos o tres vagas ins-cripciones, unos pocos nombres, direcciones o teléfonos, un par de notas al desgaire, el recuento fugaz de una velada, un cumpleaños o una visita de Councie, una efímera invoca-ción a Sted, a Hola o a otros de nuestros dioses, un dolor de cabeza, una alargada neumonía.

Quizá esto sea la madurez, Mansol: el pausado desgaste, la diaria merma, la suma de padecimientos bucales y dispepsia, el climaterio y las exploraciones de la próstata, el recuento de la putrefacción que se ceba con todo lo vivo sin remedio.

¿Por qué habríamos de ser la excepción a este declive?

En mi mente quedan unos cuantos destellos.

Despierto en la Torre, fustigada por un relámpago en lontananza, te busco en el otro lado de la cama, pero esta noche, como tantas noches, como la mayor parte de las noches, no duermes conmigo sino muy lejos, con tu esposa —por primera vez en mucho tiempo la llamo «tu esposa»— e imagino que es ella quien despierta sacudida por el trueno y es ella quien te abraza.

Emprendemos unas vacaciones en México, cruzamos el desierto y la frontera, atravesamos pueblecitos mugrientos y despoblados, nos refugiamos en las montañas peladas, convivimos con esos indios abúlicos y tiernos, acumulamos abalorios por tres dólares, escalamos por obligación una o dos pirámides, acumulamos feas estatuillas de barro rojo y negro, y terminamos apoltronados en una playa tan idéntica a otras playas, a esta playa. Los lugareños piensan que estamos casados desde hace décadas, los típicos turistas jubilados que se aburren en su país sin primaveras.

Nos besamos en la plaza mientras los paseantes nos miran con envidia y con recelo: el absurdo amor de dos ancianos.

Peleamos a gritos en un restaurante, los otros comensales nos escudriñan de reojo, yo tomo mi copa y de la manera más histriónica te la arrojo en la cara.

Nos escurrimos a una función de cine a media tarde y nos quedamos dormidos a mitad de la película.

Miro mi espalda en el espejo: una red de fístulas encarnadas e indelebles, una hilera de costras extendida entre las cervicales y las nalgas. Las llagas causadas por las puntas del chicote.

Permanezco amarrada a la cruz de madera en nuestro averno mientras tú avanzas hacia mí embalado en el cuero reluciente.

La memoria de tantos días a solas en la Torre, Mansol, obsesionada con mondar el mármol o rebañar las astillas del cedro, con concluir las molduras de la escalera o con iluminar las efigies del porche: la decoración medieval de nuestro templo.

¿Y tú qué hacías entretanto? Te volviste más esquivo y más errático, te temblaba el pulso, tu vigor no era ya el de antaño. Bebías casi tanto como yo (y ciertos días más que yo), desmoronándote aunque no lo reconozcas, convertido en un espectro que deambulaba a ciegas entre el Departamento de Estudios Sociales, tu casa de Boston y la Torre.

Y a la vez estabas metido hasta el cuello en tu trabajo para la CIA: después de participar como experto psicológico en la defensa de Alger Hiss, te hicieron responsable de un proyecto para reconocer a los traidores y derribar las resistencias de los espías comunistas cuando fuesen capturados. Pusiste en marcha experimentos de personalidad disfrazados de proyectos académicos. En una de las pruebas —insististe en que yo participara—, les pedías a dos muchachos que se sentasen a charlar sobre sus gustos y manías mientras a escondidas los grababas. Por supuesto, había una trampa: uno de los participantes no era voluntario, sino un asistente aleccionado con el objetivo de destruir ferozmente las convicciones de su contraparte.

En sesiones de dos horas, tres veces por semana, te proponías averiguar hasta dónde resistirían el ataque sin quebrarse y atisbar qué sucedería si el ejercicio se realizara con espías verdaderos. Los resultados nunca fueron concluyentes, Mansol, pero dos o tres de tus alumnos abandonaron la universidad tras someterse al experimento y otro más se suicidó a los pocos meses.

Para colmo, poco después de incorporarte al Departamento de Estudios Sociales te volviste amigo de Tim Leary: un científico astuto e insidioso de una lucidez apabullante. No sé cuándo te hizo probar por primera vez el LSD, pero sí que a partir de entonces te volviste otra persona, o la misma con las virtudes y los defectos potenciados.

Durante años yo tuve mis visiones y ahora por fin tú podías equipararte conmigo, sintiéndote por fin iluminado.

Pensabas que el LSD liquidaría tus bloqueos, que gracias a esa sustancia por fin serías capaz de terminar la *Proposición*.

Al inicio lo lograste: ante ti las letras se transformaban en palabras, las palabras en frases y las frases en páginas y páginas de un nuevo manuscrito redactado a una velocidad inconcebible. Una vez amortiguados los efectos de la droga, constataste que esas páginas eran tan fútiles como las que escribías en la lucidez y la desgracia.

Alcanzar el éxtasis se convirtió en esa época en una proeza casi inalcanzable para ambos: mi sexo solo se inflamaba después de las mayores sacudidas, mientras que tu verga solo se erguía tras infinitas caricias de mis dedos o mis labios. Tu potencia menguaba como no te había ocurrido desde que eras joven.

De la noche a la mañana perdiste tu libido y tu firmeza, nos hundíamos como dos viejos animales de carga obligados a pacer juntos, a compartir su debilidad y su nostalgia.

Qué triste final, qué patético esfuerzo, me decía: haber rozado la gloria del cuerpo para luego sucumbir al fiero hartazgo.

Tus clases y tus experimentos para la agencia te dejaban agotado. Habías dejado de ser tú mismo, te consumías por la mañana y por la noche te arrastrabas a mi lado para que yo tratase de reanimarte, para que intentase resucitar tus ideas y tu sexo, para que volviese a entregarte la luz y la energía.

Lo intenté, Mansol, sabes que lo intenté.

Probé todo lo posible: te vilipendié, te consentí, te abandoné, te rescaté, te humillé y te ensalcé hasta que un día volví a encontrar tu sexo erecto introduciéndose en mi vulva y en mi ano, sacudiéndome por dentro hasta sangrarme, ensartándome sin precaución y sin pudicia.

No sabes cómo celebré ese momento, Mansol, no sabes cómo gocé con ese trance, no sabes cuánto canté esa victoria sin imaginar, sin sospechar siquiera, que tu verga no se alzaba por mí, que no era yo la responsable de tu excitación ni de tu impulso, que mientras me embestías a horcajadas no te deleitabas con mis nalgas, no tirabas de mis cabellos, no besabas mi nuca y no mordías mis hombros y mi cuello, no dejabas mi piel llena de cardenales, no pensabas en mí, no palpabas mi carne, Mansol, sino otra.

Dirás que fue una coincidencia, que me engaño o que mi paranoia fragua conspiraciones, pero fue entonces cuando se publicó la nueva edición del TAT desprovista de mi nombre: me borraste de por vida sabiéndome extraviada.

No te excuses, Mansol, no lo intentes siquiera: en efecto acudiste a la Torre a visitarme y me formulaste la pregunta al desgaire, escudado en tus preocupaciones sobre mi salud. Me explicaste que sería lo mejor para nosotros. Por supuesto yo te autoricé a hacerlo, como si alguien pudiese aceptar que le amputen un dedo o una pierna, como si alguien pudiese consentir que lo descabecen o lo partan en pedazos.

Adelante, Mansol, haz lo que te plazca: bórrame, suprímeme.

Entonces ocurrió lo que jamás hubiese imaginado, Mansol, lo que ninguno de los dos quería, la más terrible de las desgracias, la más terrible: en vez de que muriese yo, como todos esperábamos, el corazón de Josephine se detuvo sin que la pobre hubiese estado nunca enferma.

Desde la operación, mi cuerpo se había desvencijado, las secuelas y afecciones se recrudecían en mis venas y mis pulmones, el alcohol y la fatiga se insinuaban en la debilidad extrema de mis músculos y mi dramática pérdida de peso.

¿Por qué entonces resistí mejor que ella, Mansol? ¿Por qué la naturaleza no acabó conmigo de una vez por todas?

¿Por qué no me fulminó con su rabia, por qué no culminó su labor de zapadora con un golpe atroz, definitivo? ¿Por qué tuvo que irse ella, Jo, mi vieja amiga con la que desde hacía años apenas intercambiaba algún saludo esquivo, la buena esposa, la madre ejemplar, la compañera ideal para cualquier hombre, tu infatigable compañera?

¿Por qué no desaparecí yo, Mansol, la amante enloquecida, la bestia, la traidora?

Todo hubiera sido más fácil si mi corazón hubiese dejado de latir en vez del suyo.

Cuando me llamaste para darme la noticia, de inmediato advertí el pánico en tu voz. Me arrojé al suelo y me quedé allí durante horas, en posición fetal, como una niña, como un bebé desprotegido.

Nunca lloré tanto, Mansol, lo juro: la pobre Jo se había marchado y nos había dejado solos.

Ahora ella sería libre —libre al fin, y dichosa—, más dulce, más afable, más complaciente, más educada, más tierna, más comprensiva que cuando estaba viva. La muerte no tardaría en elevarla a los altares, sería un ejemplo para las generaciones venideras, una santa y una prócer: la mujer que se lo perdonó todo a su marido, la mujer que lo acompañó hasta el último de sus días, la mujer que resistió callada y dignamente todos los ultrajes, la mujer que se batió para conservar su matrimonio, la mujer que triunfó frente al acoso sistemático de las putas y las perras —yo, la primera—, la mujer que por nuestra culpa había perecido, la mujer a la que habíamos sacrificado, la mujer que ahora todos llorarían, que llorarías tú por los siglos de los siglos, que llorarían sus hijos y sus nietos, que llorarían incluso quienes apenas lograron conocerla —que yo misma lloraría—, la amiga que nos haría tanta falta, la esposa que tanto echaríamos de menos. Jo, la santa; Jo, la mártir; Jo, la víctima.

Dos semanas después del entierro, volviste a la Torre.

Te espié oculta tras las cortinas del último piso para discernir en tu postura y en tus pasos quién eras, en qué te habías transformado.

Avanzaste por el jardín sin titubear, con tu traje y corbata —el escándalo del luto—, camisa a rayas, sombrero grisáceo, bufanda a juego. De pronto te detuviste a mirar tu reloj, como si quisieras comprobar que no llegabas tarde a una cita de trabajo, como si visitases por primera vez a un desconocido.

Luego levantaste la cara hacia lo alto de la Torre —¿de tu Torre?—, hacia el cielo pálido y cenizo, hacia los apretados nubarrones, los rayos de sol intermitentes, el incierto vuelo de un cuervo o de un vencejo.

No puedo saber si a través del terciopelo adivinaste mi silueta, si intuiste mi espionaje: tras unos segundos, reanudaste tu camino.

Yo me precipité escaleras abajo; al llegar a la puerta me detuve, no quería confrontarte con mi desesperación ni con mi prisa. Traté de relajarme, plisé mi vestido, me aboton é la parte alta de la blusa, me acomodé un poco los mechones. Cerré los ojos un segundo, respiré hondo y por fin te abrí: no nos miramos a los ojos ni en ese momento ni en los siguientes, nos besamos apenas —trámite irrevocable—, te introdujiste en el salón como si nada, te desprendiste del sombrero y la bufanda, y me pediste un bourbon.

Con solo mirarte adiviné ya cuál sería nuestro futuro, lo leí en tu holgura y en tu calma, en la parsimonia con que apuraste tu bebida, en tu supuesto desenfado. Después quise olvidar esa certeza, sepultar aquel destello, creer que me había equivocado y exageraba mi temor y mi recelo, asumir que todo podría continuar como antes, que todo mejoraría entre nosotros, que culminaríamos la díada, que en nuestras manos volvería a reposar su futuro y su vigencia.

Lo que entonces distinguí fue el horror en tus ojos, Mansol.

Cuando leas estas páginas —porque habrás de leerlas—, no disimules ni me mientas. Ese día supe con claridad que la muerte de Jo no sería el puente hacia una vida nueva, que no intentarías rescatarme o rescatarnos, que no aspirabas a salvarme ni a reunir nuestros esfuerzos, que no harías otra cosa sino buscar demoras o pretextos, que no te responsabilizarías de mí ni de la díada.

Sigo bebiendo, Mansol, tumbada sobre la arena —el cielo más brillante aún, y aún sin nubes— justo a la orilla del océano: escribo todo esto para que les des algún sentido a mis actos, para que no dudes ni te atormentes, o dudes y te atormentes pero con la conciencia de saber dónde me hallaba yo al escribirte.

Fue durante tu siguiente visita a la Torre cuando, luego de hacer el amor hasta el crepúsculo —otra vez nos conformamos con el señuelo de un orgasmo—, me insinuaste que no tenías intenciones de moverte de Boston. Necesitabas quedarte allí para arreglar tus papeles y culminar tus proyectos académicos.

No te contradije, entendía que requirieses unas semanas o unos meses de transición entre una vida y otra, entre tu pasado y nuestro presente, entre tu pasado y nuestro futuro. Mientras tanto, vendrías a la Torre con frecuencia, te quedarías a dormir ya sin los estragos de la culpa, reconstruiríamos esa rutina que nunca compartimos.

Me dispuse a prepararte la cena, tú pretextaste tu falta de apetito y te marchaste.

Nada te dije, no te grité ni reclamé tu atención como en otras ocasiones, acepté tus argumentos, me despedí de ti y me fui a la cama. Había pasado tantas noches sola, ¿qué importaba una más?

Esa aparente normalidad no tardó en resquebrajarse, tres o cuatro meses después de la muerte de Jo recibiste un homenaje en Harvard y ni siquiera me invitaste —me enteraré por los periódicos—, pero otra vez traté de no darle importancia, rebajé mi hostilidad y mi recelo, yo misma me había prometido no volver a pisar la universidad y me esforcé por cumplirlo a rajatabla. Los signos —o la ausencia de signos— bullían sin embargo en mi cabeza.

Transcurrieron años huecos, taciturnos. Nos veíamos si acaso una o dos tardes por semana, hacíamos lo imposible para no hablar, no discutir, no dejarnos arrastrar por las palabras.

Escribíamos calladamente, como si en verdad nos concentrásemos en la *Proposición* y en sus atolladeros, como si viviésemos una vida en vez de dos vidas separadas. ¡Cuánto tardé en asimilar el engaño, Mansol! Escondidos uno del otro, muertos de miedo ante la sola idea de expresar lo que sentíamos, lo que acaso ya no deseábamos.

—Voy a comprar un apartamento en Boston —me explicaste—, ya no tolero la casa que habité con Jo, me trae demasiados recuerdos.

Un avance que ocultaba un retroceso. Qué maravilla comprobar que te alejabas del territorio que compartiste con tu esposa, me complacía que abandonases sus sillones y su mesa, ese sitio que imaginaba perfecto e inmaculado, lleno de los adornos y los souvenirs que Josephine debió de coleccionar por medio mundo, la cama que compartiste con ella durante tres décadas, la cama donde debiste de haberla amado aunque a mí me jurases lo contrario, la cama donde tú y ella eran uno solo, esa cama que para mí representaba el infierno y las incógnitas. Pero, en vez de acercarte a mí, en vez de aspirar a un mundo a mi lado, de asentarte en la Torre, en nuestra Torre, Mansol, elegiste un nuevo sitio, un lugar aséptico y anónimo, poblado solo con tus cosas, ajeno a mí y a la díada.

Solo en ese momento me planteé alterar el estatuto de la Torre, cambiar mi testamento para arrancarla de tus manos, para certificar que el templo que levantamos con tanto esfuerzo a lo largo de cuarenta años no sería tuyo a mi muerte. Desde entonces estoy consciente, al menos tanto como tú, de que habré de morir primero, de que esta vez el destino no jugará con nosotros: cuando me haya ido, tú permanecerás en la Tierra, y no estoy dispuesta a permitir que profanes la Torre, *mi* Torre, con tus putas.

—Vamos a la playa —me dijiste hace unas semanas—, a los dos nos vendrá bien el sol y la brisa fresca del trópico, las caminatas nocturnas sobre la arena, la suave dieta de pescados y mariscos. Así cambiaríamos de ambiente, de escenario y acaso podremos recobrar fuerzas para la *Proposición*.

De nuevo iríamos a la casa solariega en las Islas Vírgenes que te prestan todos los veranos.

Abandoné, pues, la Torre, *mi* Torre, y a tu lado emprendí el vuelo hasta aquí, nuestro paraíso —siempre usaste esas ridículas palabras—, conducida más por la inercia que por tu entusiasmo, más por mi declive que por cualquier sesgo de alegría. Me dejé llevar por ti como quien se sube a un tren sin saber cuál es su destino, como quien se embarca a sabiendas de que emprende un trayecto imposible.

Al cabo de muchas horas de vuelo y de zozobra, llegamos a la espléndida cabaña al borde de la playa, tan hermosa y tan abominable como de costumbre. Tan perfecta.

Una postal de ensueño, el edén construido por los ingleses en esos parajes del Caribe a costa del sudor y la muerte de esclavos y de indios. Un lugar idóneo para una luna de miel o unas vacaciones, para que un hombre y una mujer que llevan más de cuarenta años como amantes se reconcilien y reencuentren.

¡Gran idea, Mansol! Una playa virgen para ambos: dos náufragos en medio del océano, dos criaturas extraviadas, dispuestas a sobrevivir bajo el sol violento e intempestivo, sometidas a la violencia de los mosquitos y al silencio de la tarde, ¡gran idea!

—Eres repugnante.

Así me hablaste, Mansol, con una mueca de asco en el semblante, los ojos apolillados por la vergüenza y por la ira, las manos en el aire como si quisieras abofetearme.

Así me hablaste, Mansol.

Así te despediste de mí —no te disculpa el ignorarlo—, así te despediste de Wona, de tu Wona, hace apenas unas horas, el torso altivo de pronto inalcanzable, los labios abiertos como fauces, los colmillos amenazantes ya no humanos.

—Eres repugnante.

Yo había bebido como ahora —como siempre—, como he bebido desde hace tantos años, mi rostro ensombrecido por las arrugas y el dolor de cuatro décadas, mis manos cubiertas de manchas, mis piernas varicosas, mis ojos con cataratas, el olor apolillado de mi ropa, el alcohol macerado en mi garganta.

Olvidas, Mansol, que si me transformé en este monstruo fue por tu culpa: eres tan responsable como yo de este declive, de este piélago.

Debo aclararte, en cambio, que yo me siento más cuerda que nunca; las sombras que en las semanas anteriores nublaron mi entendimiento por fin se han desvanecido. Nunca me sentí más inteligente o más serena como cuando te dije que había cambiado mi testamento y que la Torre, *mi* Torre, no sería ya nunca tuya. Por eso enfureciste, por eso me vejaste, por eso me escupiste, Mansol, y pronunciaste las últimas palabras que habré de escuchar de tu boca.

—Eres repugnante.

Y ahora estoy aquí, Mansol, después del mediodía, cuando la playa queda desierta y no se escucha el ulular de las aves ni el clamor de las cigarras —una voz provocaría un escándalo— y el océano parece una plancha color turquesa, sólida e impenetrable. Los rayos de sol atraviesan las olas sin rasgarlas y los petreles se mecen apáticos, como sostenidos por un hilo, en la bruma del trópico.

El viento, capaz de azotar los manglares como briznas y doblar por la mitad un hato de palmeras exuda un vapor denso que se adhiere a la piel con su tufo a algas fermentadas.

Al alzar la vista, un azul blancuzco e iridiscente hiere mis pupilas. En vez de permanecer a la intemperie, en la quietud de la playa, de *mi* playa, me siento atrapada en un cuarto hermético, un horno de paredes calcáreas, sin salida.

La arena me quema los muslos y los talones, pero no quiero erguirme, no me atrevo a intentarlo: mi cuerpo ha adquirido un peso inmanejable o el aire se ha vuelto tan espeso que mover la mano se me antoja una proeza y prefiero quedarme aquí, varada ballena moribunda, frente al apacible mar en llamas.

Extiendo los brazos y apoyo las palmas en el suelo. Mis articulaciones se tensan y la llaga que ayer me hice en la muñeca —una errática brazada me impulsó contra las rocas— me arranca un gemido y unas lágrimas.

La brisa empapa mi rostro y devuelve a mi paladar el sabor a calamares que almorcé más por inercia que apetito; el regusto acerbo desciende por mi garganta, araña mi esófago y casi me provoca una arcada. Giro el cuello a izquierda y derecha, tratando de desprenderme del aturdimiento y del asco.

Aún estoy aquí, Mansol, al borde de este mar que con tanta avaricia contemplaste, de este mar del trópico que es apenas un atisbo del océano que se abre más allá, callada e inicuamente, muy lejos de esta playa.

Cómo detesto sus turquesas y su ámbar, el tono pastel de sus contornos: anhelo ese océano negro y borrascoso que se tiende a lo lejos como un manto, ese océano hendido por pulpos, peces espada, tiburones, mantarrayas; ese océano inhumano navegado por la sombra del monstruo que Ahab y tú persiguieron con la misma sinrazón y el mismo encono, esa bestia que mancilló el destino del capitán y mancilló también el tuyo, Mansol.

Porque ahora yo soy esa ballena encallada en la playa, yo soy ese antiguo leviatán que perseguiste por medio mundo y hoy se desangra sobre la arena, soy la bestia que infectó tu espíritu y te hizo creer que eras distinto y arriesgado, sensual y penetrante —un ejemplo para la humanidad—, y al final te exhibió tal como eras.

Estoy aquí, Mansol, en este abúlico infierno al que por codicia me arrastraste, ebria y estragada, con las uñas rotas y los dedos ensangrentados, con los ojos legañosos y la mirada ausente, con los senos flácidos y las nalgas apelmazadas, con el sexo enmudecido.

Eres repugnante, escucho todavía en medio de las olas.

Absurdo, me digo, no hay nadie aquí sino yo misma: el mar, el sol que es otro verdugo, la arena que me calcina, ¿quién más habitaría este abominable paraíso?

Mi lengua enreda las palabras, retuerce las sílabas o las desgaja. En mi tono no hay patetismo ni desengaño, apenas cierta nota de amargura.

El roce del agua con las puntas de mis pies —la marea apenas puede llamarse marea— me provoca un ataque de pánico como si yo desconociese esa materia transparente, casi viva, que ahora me toquetea.

El océano se burla en cambio de mi queja: aquí arriba es pura claridad, una delgada capa de luz marina, el reino de las apariencias, la conformidad con el qué dirán y los modales —un oleaje melifluo y delicado—, aunque basta con sumergir el tronco y la cabeza para sufrir el primer escalofrío, los secretos que muerden semejantes a pirañas, las calumnias y los rumores abisales, un torbellino de celos y de engaños, el qué dirán de las orcas y la acechanza de las anguilas en una oscuridad que todo lo iguala y todo lo destruye.

¿Qué podría hacer para evitarlo, Mansol? ¿Cuándo supe oponerme? ¿Cuándo fui capaz de decir *no*? ¿Cuándo impuse mi voluntad, si no es ese eco de mi voluntad que son las blasfemias o los golpes? ¿Cuándo prevalecieron mis ideas, mis creencias, mis deseos?

Mira el despojo que es mi carne, mira la escoria que es mi alma después de cuarenta y dos años de fiebre y de batallas, de promesas rotas —de promesas— y fuegos de artificio, de soñar con la *Proposición* y una estúpida victoria que, siempre lo supe, jamás habría de realizarse.

El amor absoluto: dos almas que se encuentran, dos mitades que se reconocen de milagro, dos fantasmas que se adivinan idénticos y descubren, luego de más años de angustia que de gozo, que no se conciben separados.

Wona & Mansol, Mansol & Wona: tú y yo desde ese verano en el sur de Francia, hace cuarenta y dos años, obsesionados con nuestro desafío, indiferentes al dolor que provocamos. O acaso solo yo obsesionada y tú, falaz y pusilánime, dispuesto a seguirme la corriente. Nos atrevimos a experimentar la idea más soberbia —la díada— y nos corresponde la suerte reservada a los herejes y a los criminales: el amor absoluto, el vacío absoluto.

El hedor de la comida regurgitada me sacude en un espasmo, la aspereza del vómito revela que no solo se vacían mis entrañas; esa sustancia informe y verdosa también contiene los últimos restos de mi espíritu: la saliva se escurre por las comisuras de mis labios mientras el disco solar se abre paso entre las olas.

Una cálida bruma me nubla la vista y me adormece; luego, un pelícano se lanza contra mí chillando como un demonio o un niño enloquecido y solo lo esquivo de milagro. La abúlica playa se torna zona de guerra: mi sangre alimenta a una nube de zancudos, el calor me desgaja los pulmones y el océano me acoge por fin con sus tentáculos.

Eres repugnante, escucho por última vez: el zumbido proviene esta vez de todas partes.

Soy repugnante, sí.

La piel ajada y escamosa; las arrugas y el sudor reconcentrado; la baba, los mocos, las heces, la saliva; los mechones sueltos en la almohada; mi memoria vuelta un teatro de sombras, abotagada de reclamos y chantajes; mi espíritu estragado por la vida que ambos arrasamos a conciencia, por la vida que nos duele porque quizá ya no nos queda.

Me restriego los ojos y la boca. La sed me azota con su látigo mientras el mar amortaja mis pies, mis pantorrillas.

Qué extrema suavidad y qué energía en el oleaje.

Por fin distingo tu rostro en el horizonte, donde el cielo se funde con la plancha del océano, y decido dirigirme hacia ti, confiada y expectante.

Tus brazos, tersos y firmes, me acogen en medio de las aguas y me acunan dulcemente al vaivén de la marea.

Hace una eternidad, en aquella playa tan idéntica a esta playa, nos convertimos en prisioneros y ahora aquí, cuarenta y dos años después, frente al oleaje del Caribe, se encuentra tal vez nuestra escapatoria.

El sol ha iniciado su ronda hacia las profundidades, ¿por qué nosotros no habríamos de imitarlo? Un descenso lento como un ancla, las burbujas que nos resguardan de los peces y su hambre, una luminosidad azul que se ennegrece, el abrazo feroz de las corrientes submarinas, una inconsciencia cada vez más sutil, más inasible.

No les tememos a la asfixia ni a los predadores, tampoco a la soledad extrema de las aguas: nos bastaría con dejarnos llevar como quien se deja conducir por una historia, como quien escucha por primera vez la aventura de Ahab y de la bestia, como quien ama sin pensar en la agonía del amor, lo inevitable.

CODA

OBITUARIO

La señora Morgan, de Cambridge; psicóloga

SAINT JOHN, Islas Vírgenes — Los servicios serán privados en el 11 de Hilliard Street, Cambridge, para la señora Christiana Morgan, quien murió aquí el martes debido a un ahogamiento accidental. Era la viuda de William O. Morgan.

La señora Morgan era psicóloga asociada con la clínica psicológica de Harvard. Participó en el desarrollo del Test de Apercepción Temática.

Con el doctor Henry Murray, también asociado a Harvard, fue coautora de un libro titulado *Un estudio clínico de los sentimientos.*

Su casa de verano estaba en Newburyport.

La señora Morgan era la hija de los fallecidos doctor y señora de William T. Councilman. El doctor Councilman fue profesor de Patología en la Escuela de Medicina de Harvard durante treinta años. De soltera, la señora de Councilman era Isabella Coolidge, de Boston.

La señora Morgan deja un hijo, el doctor Councilman Morgan, profesor en el Colegio de Médicos y Cirujanos de la Universidad de Columbia; dos hermanas, la señora de Frank Wiggelsworth, de Cambridge, y la señora de Howard Rogers, de Newburyport, y cuatro nietos.

El cuerpo regresará a Cambridge, donde se llevarán a cabo los servicios privados.

New York Times, 14 de marzo de 1967

OBITUARIO

El doctor Henry A. Murray falleció a los noventa
y cinco años; desarrolló la teoría de la personalidad

CAMBRIDGE, Massachusetts — Henry A. Murray, psicólogo y educador, pionero en el desarrollo de la teoría de la personalidad, falleció el día de ayer a causa de una neumonía en su casa de Cambridge, Massachusetts.

El doctor Murray, quien fue profesor en la Universidad de Harvard durante casi cuarenta años hasta su retiro en 1962, fue, entre otras cosas, uno de los primeros psicoanalistas nacidos en Estados Unidos, se encargó de seleccionar agentes para la Oficina de Servicios Estratégicos durante la Segunda Guerra Mundial, fue investigador y una destacada autoridad en la vida y la obra de Herman Melville.

«Fue indudablemente uno de los psicólogos más importantes de su tiempo —dijo ayer el doctor Robert Holt, profesor de Psicología de la Universidad de Nueva York y alumno de Murray hace más de cuarenta años—. Fue uno de los escasos teóricos sobresalientes en el estudio de la personalidad, y su obra fue reconocida en todo el mundo por psicólogos y psiquiatras. Sus contribuciones han influido en numerosas generaciones de profesores y de clínicos».

El doctor Murray fue quizá mejor conocido como coinventor del Test de Apercepción Temática, o TAT, una herramienta ampliamente usada en el diagnóstico psiquiátrico y en la investigación académica.

El doctor Murray estuvo casado durante cuarenta y siete años con la difunta señora Josephine Murray, de soltera Josephine Lee Rantoul. Le sobrevive su segunda esposa, la señora Nina Murray, de soltera Nina Chandler, de Boston, con quien contrajo matrimonio el 17 de mayo de 1969.

New York Times, 23 de junio de 1988

NOTA FINAL

Los personajes que en esta pieza de ficción responden a los nombres de Christiana y Harry (o Wona y Mansol) se parecen en muchos sentidos a sus homónimos reales, Christiana D. Morgan (CM) y Henry A. Murray (HM).

Quiero agradecer a la doctora Doris Sommer el apoyo que me brindó para obtener el nombramiento de investigador visitante en la Universidad de Harvard, el cual me permitió tener acceso a sus bibliotecas y archivos, donde descansa —casi olvidada— la fascinante historia de la díada, así como a Katherine Killough, del Departamento de Lenguas y Literaturas Romances.

Mi reconocimiento también para el equipo del Centro para la Historia de la Medicina, y en especial a Jessica B. Murphy, por las facilidades otorgadas para consultar la parte central del archivo de CM, al igual que a los responsables de las Bibliotecas Countway de Medicina, Houghton, Lamont, Viedener y los Archivos Universitarios de Harvard, donde se conservan el archivo de Henry Murray y diversos documentos relacionados con él y con CM.

Sobre CM y HM se han escrito dos biografías que se colocan de manera bastante clara a favor de cada uno de ellos. Se trata de *Translate This Darkness, The Life of Christiana Morgan, the Veiled Woman in Jung's Circle* (1993), de Claire Douglas, quien, para aumentar las coincidencias literarias, fue esposa de J. D. Salinger y antigua alumna del Radcliff College, donde CM fue profesora durante algún tiempo, y de *Love's Story Told, The Life of Henry A. Murray* (1992), de Forrest G. Robinson. Sin estas obras, *La tejedora de sombras* jamás habría podido ser escrita.

Douglas es también la editora de los seminarios de Jung en los que este analiza los trances de Christiana: *Visions: Notes on the Seminar Given in 1930-1934* (1998).

Durante las breves semanas en que fue paciente de Jung, CM transcribió cuidadosamente lo ocurrido durante las sesiones. La segunda parte de este libro sigue paso a paso el desarrollo del análisis, tal como lo describe ella en sus cuadernos. En especial, todas las respuestas de Jung se basan puntualmente en los recuerdos de Christiana.

Las imágenes que se reproducen en esta novela provienen de los *Libros de Visiones* de CM que se conservan en la Lamont Library, mientras que las fotografías pertenecen al archivo de CM del Centro para la Historia de la Medicina y al de HM de los Archivos Universitarios de Harvard.

Por último, doy las gracias a mis amigos Gabriel Iaculli, Antonia Kerrigan, Eloy Urroz, Pedro Ángel Palou, Ignacio Padilla, Vicente Herrasti, Gerardo Kleinburg, Sabina Berman, Miryam Hazán, Gesine Müller, Lisa Saavedra y Ana Pellicer, cuyas lecturas críticas contribuyeron decididamente a la versión final de estas páginas.

13 de noviembre de 2011.

Christiana de Jorge Volpi
se terminó de imprimir en marzo de 2024
en los talleres de
Impresora Tauro, S.A. de C.V.
Av. Año de Juárez 343, col. Granjas San Antonio,
Ciudad de México